学条件
の部屋～
みゆ

# 通学条件　目次

夜間飛行……6
泉 花穂……25
鳥篭金網……38
カプセル……49
メガロポリス1002……57
青山 蒼……71
嘘つきのキス……94
沖田 銀糸……117
アクアテラリウム……139
綺麗な水をください……152
$SiO_2$……180
青山 彰吾……196
君と僕の部屋……208
通学条件……225
あとがき……232

モデル／松島庄汰　北山詩織
撮影／堀内亮（Cabraw）　スタイリスト／宇藤えみ
ヘアメイク／岩田恵美（松島さん）　中軍裕美子（北山さん）
撮影協力／鈴木絵都子、ヤマハ発動機

## 泉《いずみ》 花《か》穂《ほ》

偏差値70の西校を
目指し勉強しているが、
夜中の暴走族の音に
悩まされている。
蒼と最悪の出会い方をする。

## 青《あお》山《やま》 蒼《そう》

花穂とは別の中学に
通う中3の男子。
イケメンだが、金髪。
暴走族の特攻隊長を
やっている。

## 美《み》央《お》、真《ま》冬《ふゆ》

花穂のクラスメイトで
仲のいい友だち。

# 登場人物紹介

## 青《あお》山《やま》彰《しょう》吾《ご》

花穂たちと同じ中学。
家庭の事情でまわりとは
距離を置いている。

## 沖《おき》田《た》銀《ぎん》糸《し》

蒼の親友。ヤンキーだけど
アニメ好きのオタク。

## ■夜間飛行■

「綺麗な夜空だなあ」
私の部屋の半分は、壁がガラス張りだ。
家の後ろになにも建物がないから、遠くの町並と時々行き交う夜行列車が見える。
星明かりも綺麗だけど、ぽつんぽつんと灯《とも》る町の明かりも。
列車の零《こぼ》れるような一瞬の光も。
この夜をほんの少しだけ照らす明かりが、なんだかいじらしくて好きだった。
そして、この静寂《せいじゃく》も。
全てを水槽の中に閉じ込めてしまいたいくらい。
切なくて、大好きだ。

九月に突入したせいか、草むらに身を潜《ひそ》めて鳴く虫の音色が心地いい。
それをBGMに受験勉強の続きへ戻ろうと、渋々机に向かう。
もう二学期に突入してしまった。
来年は高校受験だなんて嘘《うそ》みたいだ。
なんだか、こないだ中学に入学したかのように思う。
時の流れって、なんでこんなに早いんだろう。
てか。受験が嫌だ。
嫌すぎて、思わず物思いに耽《ふけ》ってしまう。
こうやって過去に想いを馳《は》せていても、今も刻一刻と受験日へと近づいていくのに。
もう投げ出しちゃいたい！
なんて言えないのは、私には夢があるからだ。

あのね。私、将来は海外で活躍したいの。
きっかけは、中一の時。
パパの会社の慰安《いあん》旅行で訪れた初海外。
びっくりだった。衝撃だった！
テレビのバラエティやニュースで、海外のことを身近に感じていたつもりだった。
でも、全然違った。
日本しか知らない私は。いや、日本でもこの町しか住んだことのない私にとって、世界を体感するということは。
押込められた部屋の扉を開けるみたい。
ものすごく新鮮だった。

もちろん。部屋の中だっていい。
居心地のいい場所は大切。
けど、外の世界を知ることは。
今まで狭かった視界が広がることと同じで。
怖いんだけど、ワクワクするというか。
とにかく。刺激的だった。

日本語しか話せない私。
他の言語を知れば、もっともっと色んな人達とお喋《しゃべ》りできることに気がついた。
頭では分かってた。英語を覚えたら、海外で話せる。
まるで記号のように、インプットされていた。
でも、いざ日本語しか話せないと、もどかしいんだ。
私、もっとあなたとお話したいのに。もっと、伝えたいことがあるのに。
向こうで知り合った外国人の女の子。
ニコニコとジェスチャーでしか意思疎通ができなくて。

私ね。いっぱい伝えたいことがあったの。
あなたと友達になりたい。とか。
優しくしてくれてありがとう。とか。

大好きよ。とか。

それが、言えない自分が。
悔《くや》しくて。腹立たしくて。泣きそうになって。
もう二度と会うことはないかもしれないけれど。
伝えられなかった想いは、まだこの胸の中にある。

だからせめて。
伝えてからさよならしたい。
そして、再び会える日が来るならば。
また思い切り話したいんだ。

だから私は勉強する。
私には夢がある。
通訳者でもいい、ツアーコンダクターでもいい。
夢のまた夢なんだけど、外務省で働くとか！

そう思うと、嫌々やっていた勉強をやらなくちゃって思う。
進学に有利なのは、西校だ。
偏差値70超えの西校に、今のとこ私の成績はギリギリ合格ラインだ。
でも、ギリギリじゃダメだ。
余裕で合格する場所にいなくては。
今こうやって成績を維持はしているけれど。
部活が終わった連中の追い上げが二学期から控えている。
負けられない。
負けたくない。
本気で頭のいい子が努力したらと思うと、ヤバイ。
絶対負けないんだから！
私の夢の第一歩を、誰にも阻ませない！
私は私の目的のために頑張る！

そう思うと、自然と背筋がピンとなって。
さっき投げ出した数学の応用問題をもう一度解こうという気になってきた。
ああああ。連立方程式組み込まれてるー。
連立方程式って苦手だな。

でもクラスの小林《こばやし》が、式も書かずにいきなり解答書いた時は驚いた。頭いいってこういうことかって愕然とした。
でも、負けない。
努力って、最大の武器だと思うもの。
数学がよくったって他がダメなら私に太刀打ちできないでしょ？
悔しかったけど、総合点でなら。私は小林なんかより、遥かに成績はいい。
だから、大丈夫大丈夫。私は私のペースでやればいいんだ。

ふうと肩の力を抜き、苦戦していた問題も解けた。
そこからテンションが上がった私は、更に複雑な問題へと移行しようとした。
その時だった。

夜の静寂をつんざく爆音。
自然界の音じゃない。

ぉおオおおおおおンンッッ!!
ヴォオぉおォおおオンッッ!!
ドッドッドッドッ!!!!

答えが閃《ひらめ》きかけた兆《きざ》しが、ふっと消えた。
集中力が途切れてしまった。

えと。なんだっけ。
どの公式を使うんだっけ。
今ぴんときたんだけどな。
確か、この２、３の最小公倍数を求めて。それから、公式を当てはめなきゃならないと思うんだけど……ええと、ええと……。
思いつく公式に数字を当てはめていく。
けど、ありえない答えを導き出して、余計に焦る。
いやいやいや。まさかこんな小数点の多いのが答えなワケない。
そんな複雑な問題が出るはずがない。
だって、これ私立の過去問じゃないし。
そしたら、違う公式なのかな？
それとも、合ってるんだけど私が計算ミスった？
じゃあどこから間違えたんだろう。
最初から計算やり直し？
この問題に何分かかってる？
本番のテストだったら終わってるんじゃない？
この問題に似たのが受験で出たら、どうしよう。
切り捨てるタイミングも考えないといけなくなる。
無理だ、解けないって判断して次の応用問題に行くのも大事なことだ。
ああ。でも今は本番じゃないし。
これを解けるようにしなきゃ。
でも、嫌だなあ。

ダメ。苦手意識を持ったらいけない。
常にオールマイティでいないと。
額の汗を拭《ぬぐ》い、嫌になる自分を叱咤《しった》して。
解答を見るか、まだこの問題に挑戦するか悩んでいた時。
また解けるかも！　って感覚が蘇ってきた。
けれど。

ヴァヴァヴァヴァヴァヴァッンッ!!
ヴオオオオォオオオオンン!!!!

あの音が、確実に私の集中力にヒビを入れ、壊した。

ダメ、解けない。
分かんない。
嫌だ。もう嫌だ。

「あああああ————!!　うるさいうるさいうるさい!!!」
解けない苛立ちと。
私の邪魔をする騒音に怒りが爆発した。

ここ最近ずっとそうだ。
夏休みもそうだった。
金曜日、土曜日の夜は必ずと言っていいほど。
暴走族であろうバイクの爆音が、日常会話が聞き取れないほど。
家中に響いた。

「バカじゃないの⁉　バーカバーカ‼　事故って死ね‼」
泣きたくなって、窓を開けて叫んだ。
けど、私の罵声《ばせい》も。
暴走族の騒音は掻《か》き消してしまう。
さっきまで聞こえていた虫の音はもちろん。
蹂躙《じゅうりん》するみたい、バリバリと優しい静寂を引き裂いていく。

「なんなのよ⁉　なんなの？　人の迷惑とか考えないの？　隣には病弱なおばあちゃん達が住んでるのよ？　うちだけじゃない。ここ一帯、お年寄りが多いのに……みんな寝てるのに……なんの権利があってみんなの生活に介入してくるの？　お前らのせいで、何人の人が眠れないと思ってるの？　絶対いい死に方しないんだから‼」
警察を呼んでも、タイムラグがあってなかなか捕まらない。
てか、通報したことあるけど。
さほど抑止力はなかった。
溜まり場を発見すればそれなりに打撃はあるけど。
動いてるものを、今来て下さいって言っても間に合わないし。
呼ばないよりはいいけど。
この時間帯で、この場所でって。

見回りをしてもらったり。
私が期待している効果は得られなかった。

事故って死ね。
そう呪《のろ》うしかないんだ。

「カホちゃん？　どうしたの？　大声出して」
「ママ……」
パジャマ姿のママが、心配そうな表情で扉から顔を出す。

「いつもの暴走族だよ。うるさくて勉強にならなくて」
「仕方ないわよ」
「仕方なくなんかない！　自分らが人生の落伍者だからって、私まで勉強邪魔されるなんてたまったもんじゃないよ！　ああもう。纏《まと》めて事故って死なないかなあ」
「カホちゃん！　そんな言葉使っちゃいけません‼」
「だって。害しかないじゃない。あんなヤツら」
「あのね。あんまりそういうこと言わないで。目をつけられてカホちゃんに何かあったらどうするの？」
「別にいいし。むしろ訴えるチャンスだし」
「なに言ってるの⁉　なにかあったら遅いのよ？　ああいう人達はなにをしでかすか分からないんだから」
「……確かに。捨てるものない人間って、何しでかすか分かんないよね」
「そうよ。あなた、よく警察に通報してるでしょ？　あれだって、うちがしてるって分かったらまずいわよ。もし住所が漏《も》れたら家に火をつけられるかもしれない」
「いやいや。それはないでしょ……」
ないよね？
いやでも分かんない。
だって、普通しないことを。あいつらは平気でしてるんだから。
もしかしたら、するのかもしれないし。
なんとも言えない。

「とにかく。もう寝なさい」
「うん。でも、もうちょっと勉強する」
「けど、もう11時よ？」
「まだ11時だよ。過去問解かなきゃ」
「カホちゃん。ママはね。そこまでしていい高校に入らなくていいと思うの。無理しない程度で……」
「あはは。ママったら。普通逆じゃない？　もっと勉強しなさい！　って親なら言うと思うよ」
「でも、あなた勉強のしすぎよ」
「しすぎじゃないよ。西校目指してるんだもん。足りないくらいだし」
「なら、塾に通わせてあげるわ」
「いいよ。塾なしでいける自信あるし。それに私、塾向いてないし。私立ならお願いしたかもしれないけど、公立だから、私の力だけでどうにかなるよ」

「そういうものなの……？」
「そういうものなの！」
エスカレーター式のお嬢様学校出身のママは、受験のことがよく分からないみたいだ。
こういう時は、パパの方が頼りになる。
けど、そのパパは海外赴任に行っているから。
年に二回くらいしか会えない。
たまにかかってくる電話や、LINEなんかで相談したりしてる。

心配そうな表情を崩さないママに、あえて笑っておやすみを言う。

さて。
途切れた集中力は戻らない。
でも私は、まだまだ苦手な数学を勉強したい。
んーっと、伸びをする。
はあと深呼吸した後。
何か甘いものが食べたくなった。
冷蔵庫やお菓子箱の中身を思い出す。
これといって食べたいものは入ってなかったはず。
なぜだか、カスタードクリームたっぷりのシュークリームが食べたくなって。
もうそう思ったら、それしか考えられなくなった。

しょうがない。
コンビニでも行って、シュークリーム買ってこよう。

□ □ □

田舎《いなか》なのに田舎故なのか。
徒歩五分の場所にコンビニがある。
土地も余ってるし、まあまあ人口もいるから。
コンビニに困ったことはない。
セーブポイントのよう、点在している。

田んぼばかりのこの道の向こう。
舗装された道路が長く長く川のように。
三車線がどこまでも続いている。
深夜のトラックは戦車のようにうるさく。
ヘッドライトが獣の目のようだ。
それに喰い殺される夢を見たことがあるから。
気持ち急ぎ足でコンビニを目指す。

あの道は何処に繋《つな》がっているのだろうか。
きっとそこは私の行きたい未来だ。

コンクリートの道路、そこにヒビを入れ負けじと芽吹く雑草。
その場所を踏みしめて、とろんとした灯《あか》りを目指した。
こんな真夜中に抜け出したこと、ママにバレたら怒られてしまう。
いや。怒られるのはいい。
心配させてしまうのが嫌なんだ。

私は、ママの怒った顔より。哀しい顔の方が嫌いだ。

シュークリームを買ったら、早く戻らないと。
目の前の灯りがどんどん近くなっていって。
見慣れたコンビニの形を縁取る。
「？」
真夜中の閑散としたコンビニを思い浮かべていたのに。
近づくに連れて、嫌な予感がした。
そして、後数十メートルの所で、黙視した私の足取りは次第に重くなっていった。
奇怪な形の改造バイク。
昆虫の尻のように延びたシート。
めちゃくちゃなハレーションの車体。
なんて書いてあるのか、読みたくもないし理解もしたくない文字の羅列のステッカー。

これは。
間違いない。
暴走族……珍走団のバイクだ。

うわあ。途中で引き返せばよかった。
アホみたいに座り込んだライダースやジャージを着ただらしのない集団が、コンビニの入り口を塞《ふさ》いでいた。

あー。これ、私の存在バレてるよね。
こういう時、一本しかない舗装された道路を恨《うら》む。
脇道は全て畑。
他に建物は見当たらない。
もう少し行けば駅はあるけど。
素通りして駅を目指すフリは明らかに不自然だ。
だって、もう終電はない時刻だし。
家に戻るにしたって、またこの道を通らなければいけない。
まあ畦道《あぜみち》を行けなくはないけど。
この暗闇だ。
外灯もない真っ暗闇の中。

月は出ているけど、三日月より鋭くて心許ない。
それに、曇り空なせいか。
風に流れる雲が、時々月の姿を隠してしまう。
田んぼに落ちるか、蛇と遭遇するか。
うーん。

でも、ここを通るのとそんなにリスクは変わらないかも。
アホの集団の前を横切るリスク。
なら、早く帰宅できる道に進もう。
大丈夫。携帯は持っている。
いざとなったら通報すればいいし。コンビニの中に店員さんもいる。

なにやらぎゃあぎゃあ話している、金髪やピンク色に髪を染め座り込んでいる複数の男共の隣を、何食わぬ顔で通り過ぎる。
数名があからさまに私に顔ごと視線を向けてきたけど、知るもんか。
てか、どうしてこの私が、アンタ達反社会的集団に遠慮しなきゃいけないのよ。
チッ。考えたら腹が立ってきた。

コンビニ特有のセンサーチャイムの音と共に入店する。
足早にお目当てのスイーツコーナーへ向かった。
あるある。いっぱいある。
生クリームたっぷりのシュークリーム達が、ころんと可愛らしく並べられている。
他のスイーツは売り切れていることはよくあるけど、シュークリームっていつ来ても在庫あるから嬉《うれ》しいよね。
なにより、100円くらいで買えちゃうのが中学生の私のお財布にも優しい。

そうだ。ママの分も買っちゃおう。
あの調子じゃ、まだ起きているかもしれないし。
寝ていたとしても、冷蔵庫に入れといてあげよう。
夜抜け出したことを咎められたら、謝ればいい。
こんな美味《おい》しいもの、私だけ独占するなんてもったいない。
深夜のシュークリームって、夢みたいに美味しいんだもん。

今夜のお月様と同じ色をした、カスタードシュークリームを選んで、ママにはミルククリームたっぷりのシュークリームを。
それを持って、早々に会計を済ます。

「ありがとうございましたー」
深夜にもかかわらず、キチンと挨拶《あいさつ》してくれる店員さんに気持ちが穏《おだ》やかになりながら。
再びあの集団の前を横切る。
まるで、よく咬むと評判の犬がいる家の前を通るみたい。
飼い主がいるならちゃんと躾けろよバカと苛立ちながら、咬まれる痛みを連想してビクビクしてしまう。
心は間違っていると大声をあげるのだけど、理不尽な暴力を思うと何もできない。

「…………」
見られている感覚はある。
さっきまで何が面白いんだか、ギャハハハと笑っていた下品な大声はしない。
なにかボソボソと話し合っているのが不気味だ。
このまま走り出したい衝動に駆られたけど、ダメだ。
ほんと、犬と同じだ。
走ったら、追いかけてくる。
ここは知らない顔して、ゆっくり去るのが得策だ。

足が震える。
深夜のコンビニに来たことを後悔した。
だって、このコンビニは私が小学生の頃からあるし。
この時間帯に来たことだって何度かある。
けど、こんなヤツらと遭遇したのは、今回が初めてだ。
本当になんなの？
私の生活圏に入ってこないでよ！

目を合わせてはいけない。
ただ真っ直ぐに家路を目指そう。
俯《うつむ》いていたらつけ入られる。
背筋を正して、前を向こう。
上を向けば、雲間から月が顔を出した。
どこからか、眠れない犬の遠吠えがする。
震えているのを知られないように、痛いくらい拳《こぶし》をぎゅっと握った。
怯えたり弱気な素振りを見せてはいけない。
かといって、こちらから噛《か》みつくのもよろしくない。

とにかく、同調してはいけないのだ。
こいつらは空気。

人がされて一番どうしようもないのは、暴力でも罵倒《ばとう》でもない。
存在を否定され、無視されることだ。
危害を与えたならば、なにかしら対抗できる。文句もまた同じ。

あんた達なんか見えてない。
私の世界に存在しない。
消えろ。

そう思うと、すうっと心が冷えていった。
ひどく冷静になって、自分でも少し驚く。
あんなにムカついていたのに。
今はなんの感情もわかない。

ああ、あれだ。
朝早く登校した時に、綺麗な空気に不釣り合いなゴミ収集場を通り過ぎた時みたい。
視界には、汚いものをできるだけ映したくないから。
あるんだけど、ないものとして排除する。
それと同じ心境だ。

だからもう、なんにも思わない。
ゴミはゴミだ。
ただそれだけ。

気がつけば、夜空は完全な曇天になり。
月は消え、夜に啼く鳥の声が聞こえた。
申し訳程度に灯る家の明りに、ほっとする。

日中はまだ暑いけど、夜は冷える。
大好きな秋になったんだと実感して、家の扉を開けた。
そうだ。久しぶりに熱い紅茶をいれよう。
シュークリームと紅茶で休憩したら、きっと元気が出るはず。

あんなクズ共、私にとって瑣末なことだ。

家に入ると、やっぱりママはまだ起きていて。
外出したことを怒られたけど、叱《しか》られたことがなぜかとても嬉しくて。

二人で食べたシュークリームはやっぱりとても美味しくて。
もっと嬉しくなれた。

■泉《いずみ》 花穂《かほ》■

「カホちゃん！　一緒にお昼食べよう」
お昼休みのチャイムが鳴り、美央《みお》が元気いっぱいで話しかけてきた。
「いいよー。食べよう食べよう」
「わーい！」
「あんた、なんでそんなに喜ぶのよ」
「だって。カホちゃん倍率高いんだもん」
「倍率ってなに？」
「一緒にお弁当食べれる倍率。カホちゃん、人気あるから」
「いやいや。ないし」
「あるよー。昨日だって、声かけようと思ったけど、森《もり》さんが先に声かけてたから遠慮したんだよ」
「なら、一緒に食べればよかったじゃない」
「いやあ。私もそうしたいんだけど、カホちゃんって独り占めされるタイプというか……」
「なにそれ？」
私と一緒のご飯が本当に嬉《うれ》しいのか。
美央が元から可愛い顔に更に可愛い笑顔を浮かべてお弁当を取り出した。

「私が人気者なら、美央はなんなの？　あんたの方がよっぽど人気あるじゃない」

「そおかなあ？　私は、グループに入れてもらってるだけだよ」
美味《おい》しそうに焼けた一口ハンバーグをフォークで刺しながら、美央が可愛らしく小首を傾《かし》げた。

「なら、そっちと食べればよくない？」
「うん。みんなとはいつも食べてるから。今日はカホちゃんと食べたかったの」
「それは嬉しいけど……」
「だってカホちゃん。グループでいるの嫌がるじゃない」
「嫌ってワケじゃないよ。ただ……一人が好きというか……」
「あはは。カホちゃんらしい！」
「ぼっち最高なの」
「その割に友達多いし人気あるよね」
「よく分かんないよ」
「私は、そういうのもカホちゃんの魅力のひとつだと思うけどな」
だって、めんどくさいんだもの。
団体行動って。
でも、協調性が欠けるのは皆に迷惑がかかるし。
クラスメイトとは個別に仲良くやれてると思う。
二人や三人まではまだなんとか耐えられるけど。
美央みたいに十名超えるグループで行動とか。
考えただけで、疲れてしまう。

だからって、そのグループと仲が悪いわけじゃない。
リーダー的存在の真冬《まふゆ》とだって、むしろ親友並に仲良しだし。
クラスで一番人気のある美央とだって、仲良しだ。

多分、性格のいい子がいるクラスに偶然当たっただけだろう。
みんな、こんな私によくしてくれる。

「あのね。カホちゃん。聞いてよー」
「うん」
「ショウゴがね。ひどいの」
「へえ」
「このハンバーグね。ショウゴのお母さんから教えてもらったんだけどね。美味しくないって言うの」
「え。そうは見えないんだけど」
「一口食べてくれる？」
ピンク色のフォークを刺したハンバーグを、無邪気にあーんしてくる美央。
それに、ちょっと躊躇《ためら》いつつも、パクリと食べる。
もぐもぐもぐ……。
香ばしくてスパイシーで、私は好きな味だ。

「めっちゃ美味しいじゃん」
「ええー！　ありがとー‼」

「青山《あおやま》、味オンチなんじゃない？」
「ねー。ひどいよね。意地悪言いたいだけなのかなあ？」
「んー」
もぐもぐもぐと咀嚼《そしゃく》しながら、考える。
うちのママが作ったハンバーグは、もっとシンプルだなあ。
タマネギの優しい味が、甘くて美味しい。
これはこれで美味しいんだけど……。

「ああ、そういうことか。なるほど」
「なにか分かったの？」
「美央、このハンバーグ、青山のお母さんのレシピ通りに作った？」
「え？　うん。レシピ通りだよ。……あ」
「あ。って、なに？」
「……ちょっとね。うちのお母さんの味っぽくしたかも」
「どういうこと？」
「隠し味にね。カレー粉をちょっと入れたの」
「それだ！」
「そうなの？　でも、美味しくない？」
「うん。すごく美味しいよ」
「やっぱり、ショウゴは嫌がらせで私のハンバーグをけなしてるんだね‼」
「違う違う」
突然怒り出した美央を、なんとか落ち着ける。

美央はお父さんと二人暮らしだ。
それもあって、仲のいい男友達の青山彰吾《しょうご》のお母さんに、料理を習いに行ってるらしい。

「多分ね。青山は自分のお母さんの味が一番って思ってるんだよ」
「えー！　なにそれ」
「私も、ママの味が一番って思うの分かるし」
「……そっか」
美央が、哀《かな》しそうに、淋《さび》しそうに微笑《ほほえ》んだ。
ヤバイ。
母親のいない美央を傷つけたかもしれない。
自分の無神経な発言に、胸がズクンと重く痛んだ。

「だよねー。私も、お母さんの味忘れられないもの！」
「……美央」
「だから、これでいいの！　だって、私、この味が一番美味しいって思うもの！」
「そうだよ。自分が美味しいって思うもの作ればいいんだよ。人の意見なんかに左右されなくていいんだよ。別に青山の為に作ってるんじゃないんでしょ？」
「うん。お父さんの為に作ってるから！」
「そっか」
ニコニコとまた明るい笑顔になった美央を見て、安心する。

「きっとね。お父さんもこの味の方が美味しいって思うよ」
「だろうね」
つられて私も笑顔になっていると、美央がそうっとこちらへ近づいて来た。
こそこそとナイショ話するみたい。
耳元で話されて、ちょっとくすぐったい。

「あのね。カホちゃん」
「なに？」
「今日はありがとう。また、一緒にご飯食べてくれる？」
「もちろん」
「じゃあ私も、頑張ってカホちゃん争奪戦に勝ち残るように頑張るよ！」
「なんだそれ」
これあげるーって。
きっと、とっておきのデザートだったに違いない苺をもらって。
しょうがないから、私も大事にしていたさくらんぼを美央にあげることにした。

□ □ □

放課後。
図書館の閉館時間になって、家に帰る。
青と赤の混じったグラデーションの夕焼けは。
色がついているんだけど、どこまでも透き通っていて綺麗だ。
物に付着した色と違う。
水を漂うカラーインクのようでもあり。
なんとも言えない色をしていて、いつまでも見ていたくなる。

時刻は18時過ぎ。
昨日の真夜中に食べたシュークリーム、美味しかったな。
ママが紅茶をいれてくれて。
たわいもないお喋《しゃべ》りをして。
早くパパ帰ってこないかなあ、とか。
私が将来、外国語を話せるようになったら、ママを海外旅行に連れてってあげるね。とか。

おこづかいをもらったばかりだし、お財布にはまだ余裕があった。
家を目前にして、傍《そば》のコンビニに目をやる。
この時間帯なら大丈夫だろう。
おかしなバイクも止まってないみたいだし。

うん。シュークリーム、買って帰ろう。
夜食の分。もちろん、ママの分も。

昨日は少ししかいられなかったけど、今日はゆっくり店内を見渡すことができる。
自動ドアの向こう。
優しそうな店員のおばさんが、いらっしゃいませと私に笑いかけてくれた。

レジの隣にあるおでんの美味しそうな匂いと、揚げたての唐揚げが食欲をそそる。
でも我慢。
中学生のおこづかいに、そんな余裕はないのです。
おうち帰ったらママが夕食作ってるし我慢我慢。

あ。今日発売の雑誌売ってる！
うーん。ママには悪いけど、これは本屋さんに行った時おねだりしたら買ってもらえそうだから、スルーしよう。
シュークリーム５個分の価格はちょっと痛いかも。
貯金しなきゃとは思うんだけど、受験の間は無理かなあ。
ストレス解消に、シュークリーム食べてなきゃやってられない。
頭使ってるせいか、不思議と太らないから。
体重は気にしないことにしている。
まあ、シュークリーム以外は必要以上にお菓子を食べてないからかもしれないけど。
せっかく西校に合格しても、太っちゃって憧《あこが》れの制服が着こなせなかったら本末転倒だしね。

雑誌コーナーをざっと見渡して、次はお菓子コーナーを、見て回る。
わーわー！　新作チョコレートがたくさんだー！
これは、テンション上がるなあ。
秋になったせいか、大好きなチョコレートの種類が多くなっていた。
抹茶チョコにマロンチョコにキャラメルチョコ。
ミントチョコがなくなってるのが少し淋しかったけれど。
その分、選べる商品が増えたからよしとする。

レジ前のスイーツコーナーに移動してみたら、深夜になかった季節のシュークリームが陳列されていた。
あ！　こんなの出てたんだ。
定番商品より在庫の少ない期間限定シュークリームは、とても美味しそうだ。
きっと、私の瞳。絶対今、キラキラになっている。
パンプキンシュークリーム。マロンシュークリーム。
うああ。選べない！　どっちも美味しそう！
しょうがない。どっちも買う！
買ってママと半分こすればwin-winだ。

パンプキンとマロンのシュークリームを一個ずつ買って。
今日も勉強頑張ろう！　っと、意気揚々とコンビニを出ようとした。
その時。

またあの、心臓が痛くなるようなバイクのエンジン音がしたかと思うと、私の目の前の扉から柄の悪い男達がわあわあと店内に入ってきた。

一瞬、体が固まったけど。
ここで気圧されたらダメだと思い。
なるべく背筋を正して、素知らぬ顔で通り過ぎようとした。

ああ嫌だ。
また見られている気がする。
視界に映らないように、暮れかかった夕日を眺《なが》めて帰りを急ぐ。

躊躇《ためら》った足を奮い立たせ、毅然と前を見て歩く。
すれ違った男子達から、むせ返るような安っぽい香水の匂いがして吐き気がした。
うわ、気持ち悪い。
そんなヘンな匂いつけるくらいなら、何もしない方がよくない？

怖いよりも反発心が勝ったせいか、怒気のお陰で無事コンビニを後にできた。
振り返ることなく、いつも通り帰宅する。

また今夜も、昨日みたいにうるさいのかなあ。
そう考えるだけで、憂鬱《ゆううつ》になる。

はあと溜め息をつくと、台所にいたママがリビングに顔を出した。
「どうしたの？　暗い顔して」
「ママ。……あの。また夜にうるさくなるのかなあって……暴走族」
「そんなこと考えても仕方ないでしょ。ほら、今夜はカホちゃんの好きなクリームシチューよ。運ぶの手伝って」
「ほんと⁉　手伝う手伝う！」
シチューと聞いて、重い気分が少し晴れた気がした。

頭の中では、何度やっつけてやったか分からないあの暴走族。
でも、現実は。
なんにもできない。
無力だなあ、と思った。

小さい頃は、あれもこれも全部自分の思い通りになるって信じていたのに。

世の中は、ままならないことでいっぱいだ。

「あ。そうだ、ママ。これ。買ってきちゃった」
「またシュークリーム？　嬉《うれ》しいけど、毎日食べたら、ママ太っちゃうわ」
「いいじゃない。元々太ってるんだから」
「カホちゃん！　なんでそんなこと言うの？　ママ、ジム通って頑張ってるんだから」
「はいはい」
ぷうと頬を膨らませ怒るママは、少女のようで可愛らしい。
ふわふわ癒し系な感じ。
お嬢様育ちのせいか、他のママより浮世離れしているけれど、そんなママが私は大好きだ。

私がね。
もし男の子だったら。もっと守ってあげれるのになあ。
残念ながら、女の子なもので。
なので、私は私なりに。パパ不在の家を守らなければいけない。

今夜もやっぱり暴走族はうるさくて。
我が物顔で町を行き交う。
うるさいし、もし真夜中にどこかの子供やお年寄りが歩いて轢かれたらと思うと気が気じゃないし。
けたたましい音を立て疾走する意味が私にはやっぱり分か

らない。

他人に迷惑をかけて心が痛まないんだろうか。
痛まないんだろうな。
てかその前にそこまで考えが至らないんだろうな。
もし至ったとしても、それはとても楽しいことなんだろうな。
嫌がる人の顔を見て、もっとやりたくなる人間を、私は知ってる。教室に数名いるもの。
そういうのって。
なんか、淋《さび》しいし。
可哀想《かわいそう》な連中だなって、哀《あわ》れんでしまう。
私、そんな風に育たなくてよかった。
だって、誰かに迷惑かけるのなんて絶対嫌だし。
誰かの辛《つら》い顔なんて見たくないし。
そう思えるのって、親に感謝だなあ。

カーテンから顔を覗かせ、ものすごいスピードで駆け抜けていくバイクの集団に顔を顰める。

やっぱり、住む世界の違う人間の集まりとしか思えなかった。

## ■鳥篭金網《とりかごかなあみ》■

秋も深まり次は冬かと思いを馳《は》せて。
その後に待ち受ける入試について考えると暗くなってきた。

あのコンビニで数回、例の暴走族の連中と遭遇したけれど。
とりあえず無事に過ごしている。
真夜中の暴走は変わらず、うるさかった。
慣れた、なんてことはない。
むしろよりいっそう病みそうなくらい、音に敏感になってしまった。
夜がくるのが憂鬱《ゆううつ》になる。
あんなに好きだった星も月もみんな嫌いになりそうだ。

時々、近所の人達と挨拶《あいさつ》する時。
話題が騒音問題になることがあって。
みんな迷惑していると言っていた。

「どうにかならないんですか？」
と、斜向かいのおじさんに聞いてみたけど。
「冬になったら収まるよ」
なんて心許ない返事しかもらえなかった。
「寒いと地面が凍るだろ？　流石《さすが》に、冬になったらいなくなるよ」
まるで虫だ。

冬になったらいなくなる。
私は冬までなんか待てない。
今直ぐにいなくなって欲しい。

大切な受験があるのだ。
私の夢を左右する、大事な勝負が。

一度だけ、どんな人間がいるのか気になって。
注視したことはある。
なんてことはない。
私と同年代くらいの男子の集まりだった。
それに、時々ギャル系な女子が群がったりしてて。
自分で染めたのかなあ。
まだらになってる茶髪とか、行き過ぎたメイクとか。
どうなのよって思いながら。
けど、ああいう男子にはああいう女子がお似合いなのかなと。
なんだか納得して通り過ぎた。

メイクもオシャレも。
私には、大事な過程を飛び越えている感じがして。
いいなあ、なんて思わなかった。
むしろ、心配になる。不安になる。
それでいいの？　って問いたくなる。
もったいないくらい可愛い女の子が多くて。

そんな男子に行かないでって止めたくなる。

だって。
もう少ししたら嫌でもオシャレできるじゃない。
恋だって、今からじゃなくてもさ。
なんで、なにもかも全速力なの？
大人になる早さも、夜の暴走も。

なら私は。
自分の夢に向かって全力で駈けて行きたい。

□　□　□

「まふちゃん。どう思う？」
今日は真冬と一緒にお昼を食べている。
ママが作ってくれたおにぎりの具が、大好きな鮭とタラコで。
ちょっとだけにやってしてしまう。

「なにが？」
「暴走族」

「怖い」
「怖いよね」
「怖い」
「うんうん」
「怖い」
「分かった」
「カホ。暴走族に入りたいの？」
「違う」
分かっててからかってくる真冬の性格。嫌いじゃない。
可愛い顔してるくせに、時々すごく意地悪な笑みを浮かべる表情も魅力的だ。
意地悪なのに可愛いって、矛盾してるけど。
真冬が、みんなから好かれてるのも分かる。
偽善的じゃないというか。
正直者というか。
真冬の発する言葉は、一本芯《しん》が通っている。
だから、信じられるし。
優しいんだけど、優しくないとこが好き。
おかしいことをおかしいって、はっきり言っちゃう。
でも、悪口じゃない。
この微妙なラインを、真冬は決して越えてこない。

「うるさいんだ。毎晩」
「あー。うちの地区も時々うるさいよ。時々だけど」
「いいなあ。そっちに引っ越したい」

「来ればいいじゃん。お隣、空き家だよ」
「うそー。行こうかな」
「やだー。聞き流せないくらい、この子真顔だ」
「いやまじで。ノイローゼになるくらい辛《つら》い。このままじゃ自分から喧嘩売りに行きそう。それか、道路にピアノ線張ってしまいそう」
「あんたが犯罪者になってどうする」
「それくらい、無理ってこと。あー、もうやだー」
ふあ、と。ひとつ欠伸をする。
正直、眠いし。
逃げ出したいの通り過ぎて、なんだか疲れてしまった。
まあ。本気で限界がきたら。
近くに住んでいる、ママの妹。つまり伯母の家へ行けばいいだけだ。
でも、ママを一人にしたくないし。
けど。有り難いことに、いつでもおいでと言われているので。
精神的に限界がきたら頼もうと思っている。
拠り所があるだけでも、心の余裕が全然違う。

「あ。青山くんだ」
ぽつりと、真冬が口にする。
さっきまでの、友達に対する愛情ある口振りではなく。
突き放すような。
興味のないような。

けど、だからこそ。
特別な意味を持つ口振りで。

教室の入り口にいる青山くんを、真冬は見ないフリをした。

私も、入り口をチラ見して。
興味ないフリ。
別に食べようと思っていなかったポテトサラダを口に入れた。
本当は別に食べたかったものがあるのに。
思ってもみなかった食べ物の味に。
自分自身が戸惑う。

だって。青山くんは。
真冬の好きな人だから。

背の高い青山くんは。
カッコイイけど。
地元で有名な暴力団の息子で。
悪い意味で有名人だった。

「…………」
あえてシカトしたんだけど、意識したせいか会話が途切れた。
真冬はクラスの女子のリーダー的存在だから、お昼を一緒するのは嬉《うれ》しかったし、誇《ほこ》らしかった。
なにより、真冬はトークが上手だ。
今度お昼一緒したら、これもあれも話そうって。
いっぱい考えてたのに。
どうしよう。なんにも出てこない。

「美央に用なのかな？」
「……そうじゃない？」
「呼んでこようかな。青山くん、困ってるみたいだし」
「…………」
青山くんは、二年生の今の時期、転校してきた。
他の男子より大人びてたし。
背も高かったし。
なにより、顔が綺麗だったから。
気になってた女子はたくさんいた。
彼の家の事情を知るまでは。
けど、女子というものは。
表向き、怖い怖いと言いながら。
なんだかんだと、嫌いじゃないのだ。
むしろ、自分だけは好き。って。
牽制し合う節がある。

真冬は、こっそり私に青山くんが好きだと教えてくれた。
だから、私も黙っている。
あの子がどの子を好きだとか。

陰でばらしちゃう子がいるけれど。
なんでそんなことができるんだろう。
私、友達のこと好きだし。
どんな想いで、覚悟で。
秘密のこと話してくれたの、伝わるから。
そんな軽々しく。
大事な想いのこと、口にできない。

だから私って。団体行動が苦手なのかな。

「まふちゃん」
「なに？」
「……大丈夫？」
「なにがよ」
「心が」
「え？」
「私、まふちゃんのこころが痛くなるの嫌だよ」
「……カホ」
青山くんと美央は仲良しだ。
いつのまにか、驚くほど。
みんなが青山くんについて陰口を言っていた。
それ特有の楽しさのピークの時。
美央だけは、悪口を言わなかったし。
美央だけは、青山くんの傍《そば》にいた。

でも、美央と話しても。
青山くんのことはなんとも思ってないみたいだし。
そもそも、美央にはまだ。恋愛ってものが分からないみたいだ。
美央は、大人っぽい外見をしている割に、幼いんだ。
それが分かるから、誰も美央を責めたりしないし。
なにより、美央は周囲に好かれているから。
誰も何も、面と向かって言えないんだ。

私は、美央と真冬のどっちも好きだ。
真冬だって、美央のことが好きだ。
けど、恋愛は別のこと。

私、けっこう早熟だったから。
幼稚園から好きな人いたし。
我ながら惚《ほ》れっぽいというか。
素敵だなって思うことはあるし。
でも、両想いにはならないというか。
そこまでじゃないというか。
片想いが楽しくて。
付き合うっていうのは、まだ早いなあって。
もちろん、好きで好きでしょうがないなら、年齢なんて関係ないと思うけど。
自分の夢を見つけた瞬間、片想いとかどうでもよくなった。

他に全力を注ぎたいことができたから。
そっちの方が楽しくなってしまった。

だからっていうか。
真冬の片想いの切なさが。
見てて辛かった。

「ごめん」
真冬が食事を途中にして、席を立つ。

「私、それでもいいから。話せるだけ幸せだから、行ってくる」
ニコニコと。
女子にしては短すぎるショートカットの真冬は。
清廉で綺麗で、笑顔がキュートで。
ああ、止められないなって。
理解した。

傷ついてもいいから。
自分のものにならなくてもいいから。
好きなひとと話したい、傍にいたいって気持ち。
なんとなく、分かる。
なんとなく。だけど。

でも。

どう端から見ても。

青山くんの好きな女の子は。
美央だ。

それをひっくり返すことができたら、いいのに。
美央は誰のことも好きじゃないし。
恋愛に興味ないし。
青山くんが真冬を好きになれば、なにもかもが上手《うま》くいく。
けれど。
そうならないのが、恋愛なのだ。

去っていく真冬の後ろ姿を見つめながら。
本命のプチトマトを思い出す。
そうそう。私、これが食べたかったんだよね。
真っ赤なプチトマトを口に入れたら。
思いのほか、酸っぱくて。

真冬に呼ばれて、笑顔で走ってくる美央を眺《なが》めていたら。
私の心の方が、痛くなった。

■カプセル■

真冬は、私と帰宅しない。
それは通学路は反対方向というのもあるけど。
自分のグループを大切にしているからというのもある。
美央もそうだ。
時々誘ってくれるけど、あの子はあの子で忙しそうにしている。
あの二人だけじゃない。
他の友達とも、付かず離れず付き合っている。

だから、大抵私は一人で帰ることになる。

それを淋《さび》しいか？　って聞かれたら。
淋しいって答えるし。
でも、一人の帰り道も悪くない。
自分だけの自由な時間が落ち着くというのもあるけれど。
青い空も、針みたいに降る銀色の雨も。羽毛のように真っ白い雪も。
目を見張らせて一人静かに感動する瞬間が好きだ。

「ねえねえ！　一緒に帰ろう!!」
今日は、真冬のことがあってか。
妙に孤独を感じていた。
だからかな。

余り話したことのない。
別のクラスの女の子グループに突然声をかけられて、ビックリしたけど。
嬉《うれ》しかった。

「え……」
「あはは。突然ごめんねー！」
「泉さんでしょ？　前から話してみたかったんだ」
「ねえねえ。カホって呼んでいい？」
「カホって可愛いよね。髪の毛サラサラー!!」
体育の時間や。
お昼休みの廊下ですれ違ったことがある女の子達。
差別する気はないけれど。
ギャル系の子達だから、距離を置いていたことは認める。
けど、それはきっとこの子達もそうだ。
真冬や美央とはまた違う。
正反対のうちらを、遠巻きにしていたはず。

なのに、なんか。
なんだろう。この違和感。

「肌も白いよねー。羨ましいー」
それに、この取ってつけたような褒め言葉。
声をかけてくれたのは、素直に嬉しいけど。
でも、何かが引っ掛かる。

学校のトイレとかでメイクしたのかな？
髪も不自然なくらいストレートだし。
あそこでわざわざアイロン当ててきたに違いない。
制服も、スカートのウェスト折り曲げて、校則より随分短い丈になっていた。
そうまでしてオシャレ？　オシャレかは分かんないけど。
放課後の僅《わず》かな時間にする意味ってなんだろう。
やるならちゃんとやりたいし。
うーん。根本的に考え方が違うんだろうなあ。
先生に叱《しか》られるし。
内申点がえらいことになりそうだし。
服装検査の時、ピアスやマニキュアしてたのが先生にバレた時のこの子達の騒動を思い出す。
そうまでして、そこまで情熱を注ぐのが謎だった。
家帰ってやればいいじゃん。
これしか、ないのだ。
ごめんね。理解できない。

けど。
ここまで悪態ついてる私だけど。
やっぱり、可愛いって思ってしまう。
だって、この子達が可愛いのは事実だし。
稚拙だけど一生懸命なとこ、嫌いじゃない。

「ねえ。カホ。今から暇？」
「うちらと遊びに行かない？」
「え。でも……」
「行こうよー！　仲良くしよう‼」
いつの間にか、下の名前になっている。
気安く抱きついて来る、名前の知らない女の子達。
ああぁ。私、こういう馴れ馴れしいの、けっこう嫌いじゃないんだなあ。
アイロンで不自然なほど真っ直ぐになった彼女達の長い髪の毛はツヤツヤで、キラキラの天使の輪ができていた。
シャンプーの甘い、いい匂いが鼻先をかすめる。
相容れないとはいえ。
流されそうになる。
もういいやってなる。

真冬と美央とは違う。
また別の魅力が、この子達にはあった。
不安定な、脆《もろ》い。繊細な可愛さっていうのかな。

一生懸命な女の子って、やっぱり可愛い。

「うん……。いいよ」
「ホント⁉　やったー‼」
「行こう行こう！」
右と左。両方に。

顔は知っているけど、名前の知らない女の子に挟まれる。
実は、緊張してる私は。
今、何人に囲まれてるか分からない。
3、4人だとは思うけど……。

デコられてない私の鞄《かばん》。
校則に則《のっと》った制服。
学校指定のままのリボン。

私、今すごく。
このグループの中で浮いてるんだろうな。

「ねえ。こないだ銀糸《ぎんし》くんがねー。後ろ乗せてくれて」
「ええ！　ずるーい！　絵里奈《えりな》、おかじー狙《ねら》いじゃなかったの？」
「そうなんだけど、やっぱ銀糸くんカッコイイよ！」
「でも銀糸狙ってたのって早紀《さき》じゃね？」
「抜け駆けバレてボコられても知らねーし」
「…………」
話題についていけなくて、閉口する。
この子達について来たのって、ちょっと軽率だったかな？
見知らぬマンションの前で立ち止まった時。
嫌な予感が的中した気がして。
胃がズクリと痛んだ。
うわ。私、やらかした？

てっきり、お店とかでブラブラするだけかと思ってた。

「あの……」
抵抗しようとしたけれど、おしゃべりに夢中な彼女達に思い切りスルーされた。
この楽しそうな雰囲気を壊すのが躊躇《ためら》われて、出かかった言葉を飲み込んでしまう。
きっと、この子達の誰かの家なんだろうけど。
流石《さすが》に、名前も知らないし。
そこまで仲良くないから、いきなり家に入るのって少し抵抗がある。
そこんちの親とかいたら、どうすればいいんだろう。
心の準備ができていない。
玄関にいるコンシェルジュさんが、私達のことを胡散臭《うさんくさ》げに眺《なが》めている。
ものすごく、気まずい。
分かってるけど、場違いだってことがひしひしと伝わってきて、逃げ出したくなった。
エントランスにあるテンキーを押し、インターホンでなにやらやり取りをした後、静かに豪奢《ごうしゃ》な硝子の自動扉が開いた。
まるで、遊園地のアトラクションみたい。

吹き抜けの天井。大理石の床。装飾された明かり窓や、あちこちに飾ってある絵画。

部屋の中なのに庭があって、そこに植えられている高そうな植物。

きょろきょろしている間に、気がついたらエレベーターに乗せられていた。
行き先は、十階を示している。
けっこう高そうなマンションなんだけど。
この十階に住んでるって、相当お金持ちなんだなあ。
悪いけど、意外。
へええと感心してたら、ゆっくりと品良く開いたエレベーターのドアを、まどろっこしそうに我先にと次々と出て行った。
私も、ぐいぐいと腕を引っ張られるせいで、必然的にマンションの廊下へと一歩踏み出ることになった。
こんなすごいマンションの中なんか見たことなかったから、ビックリした。
重厚なドアが並ぶ廊下。
あちこちにある空中庭園。
下から、大きなプールや色んな施設が見える。
もしや、十階って富裕層が住む場所なのだろうか。
なにここ？
すごい。

躊躇う私をそのままに、引き摺るように左の角部屋へと連れていかれた。

「ソウー！　連れて来たよー!!」
インターホンを押して誰かと通話した後。
数秒して開いたドアに。
突然、私は押込められた。

「え？」
いきなりのことに、よろけてしまった私は。
見知らぬ玄関に倒れてしまった。

「ばいばーい」
「ごめんねー」
「じゃあね」
そう言うなり。彼女達は。
私を置いて、去って行ってしまった。
なにがなんだか分からないまま。

ガチャンッ！

と。ドアが勢い良く閉められた。

■メガロポリス1002■

玄関には数足の男ものの靴。
スニーカー、ショートブーツ、ローファー。
そこに、突き飛ばされて仰向けに寝転がっている私。
靴達がクッションになってくれたお陰で、どこも痛くはなかった。
むしろ、この状況についていけなくて。
白い玄関の小さい天井をぼんやり眺《なが》めていた。
天上に輝く唯一の月みたいなダウンライトが、間抜けな私を照らしている。

ああ、これ。
はめられたってヤツ？
私、あの子達になんか恨《うら》みを買うことしたっけなあ。
無意識に、気に障ることしたとか？

突然の裏切り行為と。
自分の迂闊さと。
初対面とはいえ、好意を持っていた子達の仕打ちに。
ショックで立ち上がれずにいた。

私、クールだとか冷静沈着だとか言われてるけど。
実は、こういうのに弱い。
友達のことは、大好きだから。

少しの間とはいえ、友達になれたかも！　って。
甘いこと思ってたから。
いつの間にか目に溜まっていた水分が、頬を一筋伝う。
あーあ。泣いちゃった。
泣くのなんて、いつぶりだろう。
最近、怒ってばかりいたから。
零《こぼ》れた涙が、なんとなく目に痛かった。

「うわ！　ちょっと！　なんで泣いてんの⁉」
そろそろ立ち上がって、状況確認でもしようかと思った時。
頭上から、大きな声が降ってきた。
ああああああもう。
私はバカだ。
自分でも、そこまで頭いいとは思ってなかったけど。
こんなショックに打ちひしがれてないで、さっさと逃げ出していればよかったのに。
落ち込むなんて、後からいくらでもできる。
でも、見知らぬ場所でぼうっとするなんて。
ほんとバカ。

今からでも遅くはないかなあと、こっそり首を上げたら。
玄関の向こう。
もう私の目の前に。

金髪で長身の男の子が立っていた。

顔は、整っている。
てか、イケメン。
二重の切れ長の瞳が、今は大きく見開かれていた。

一見、いい人そうに見えるけど。
金髪の時点で警戒対象になった。
ハーフや海外の人なら別だけど。
髪の根元を見る限り、少しだけ黒くなっていたから。
ブリーチしているのが分かる。
このひと、不良？　ヤンキー？
もはやなんて呼べばいいのか分かんない。
今時、ダサすぎて。
この時点で、私の中で生理的嫌悪感が限界突破した。

「怖かった？　あいつらになんかされた？」
「…………」
捨て猫を拾う時の声っていうのかな？
出せる限り、優しい声で。
彼は私の目線までしゃがみ込んだ。

恐る恐る身を起こし、立つまではできなかったけど。
とりあえず、座りながらも態勢を整える。

「どっか痛いとこない？」

「…………」
あんまりにも、心配そうに。
優しく聞いてくるもんだから。
つい、反応してしまった。
首を、ふるふると横に振る。

「そっか。よかった」
なんて。
不良のくせに。
お日様みたいに明るく笑うから。
一瞬、状況を忘れてしまいそうになった。
シャープな感じがする、ちょっと猫目の彼は。
笑うと、少しだけ可愛かった。
この笑顔の感じ。
どっかで見たことあるような気がする。
どこだっけ？
さっきまでのことがショックすぎて、頭が上手《うま》く働かない。

「あーと。そこにいてもなんだから、こっちの部屋来ねえ？」
差し伸べられた手は、思ったよりも大きくて。
あと、傷だらけだった。
同じ年くらいに見えるけど。
私、男の子と手を繋《つな》いだことがないから躊躇《ためら》ってしまう。
そもそも、こんな胡散臭《うさんくさ》い男の手なんて握りたくもない。

「帰る……」
壁伝いに立ち上がって、よろけながらもドアに手を伸ばす。
けれど、それは容易く阻まれてしまった。

「ダメ。帰るのは許さない」
バン！　と。
大きな手の平が威嚇《いかく》するみたい。
ドアを思い切り押さえ込んだ。
カチャンと鍵をロックされ。御丁寧にチェーンまでかけられる。
その音が、怖くて。
思わず、ビクッと体を竦《すく》めてしまう。

「あ。ごめんごめん！」
慌てた様子で、彼が私の両肩をその大きな掌《てのひら》で掴《つか》んだ。
パパ以外知らない、異性の掌に。
叫び出しそうなくらい嫌悪感が広がる。

「さ、触らないで！」
「⁉」
「怖い！　やだ！　帰るっ‼」
それが引き金になって。
発作みたいに恐怖が言葉になる。
悔《くや》しいけど。

涙が溢《あふ》れて止まらない。
ボロボロと。
ひっきりなしに涙の粒が零《こぼ》れた。
こんな、男に。
私の方が勉強も生き方も。
絶対に上なのに。間違っていないのに。
泣くことしかできない自分が悔しくて。腹が立った。

「おい……」
元々、色素が薄いというワケではなさそうだ。
ブリーチとか、髪に相当ダメージを与えることしてるはずなのに。その金髪はキラキラして。
なんだか星みたいに綺麗だった。
眉根を寄せる不安そうな表情。
ずるい。
端正な顔ってどんな顔をしても、綺麗なんだ。
その顔。私、嫌いじゃない。
けど。
肩に込められた力は、女の子のものじゃない。
私と異質な男の子のもので。
怖いのは変わらない。

「離して！」
悲鳴みたいに叫んだら、はっとした表情をして。
ようやく私の肩から手をのけてくれた。

「なんで、泣くの？」
「…………」
「俺、そんな怖い？」
「怖い!!」
「ど、どうして？」
「だって、私、あなたのこと知らないもの!!」
「え」
涙ながらに叫ぶ。
もうこれしか対抗手段が思い浮かばない。
手も出せないし、逃げられないし。
私には、吠えるしかできない。

「嘘《うそ》だろオイ。俺ら、何回も会ってるじゃん……」
私の方が絶望しているのに。
もっと絶望した顔で。
彼が、ありえない言葉を呟《つぶや》いた。

「……嘘。私、あなたになんか会ったことない」
こんなガラの悪そうな金髪。
一回でも会ったことがあるなら、絶対に忘れるはずがない。

「あるって！　昨日も会ったじゃん!!」
「昨日？　どこで？」
「コンビニ！　西城若町《さいじょうわかまち》の!!」

「？」
泣きたいのはこっちなのに、泣きそうな顔で必死に訴えてくる金髪男。
意味が分からない。
さっきまで恐怖に支配されていた私の頭は「？」マークでいっぱいになる。

昨日？　コンビニ？　西城若町？
確かに、昨夜コンビニには行った。
抹茶シュークリームとストロベリーシュークリームと。
それから、新発売のキャラメルフレーバーのコーヒーを買って。
受験勉強の合間。
ママと音楽番組を見てお茶をした。

記憶を、動画みたいに巻き戻す。
店内にいたのは、数人で。
仕事帰りのサラリーマン。
近所のおばさん。
入り口には、いつもの騒がしいヤンキー集団。
ん？
……ヤンキー？

改めて、目の前の彼を見つめる。
綺麗な容貌はしているけれど。

髪は脱色しているし。
不自然に整えられた眉に嫌悪感を覚える。
つか、ガラが悪い。

彼の外見から分かる情報を総合して、納得した。
このひと、あの中にいた暴走族の一人かもしれない。

だとしたら。
今の状況って、とんでもなく最悪なんじゃないか？
そう思ったら、背筋が急に冷たくなった。
私、なにかマズイことした？
だから、ここに連れてこられたの？

どうしよう。
私、今からなにされるんだろう。
普段、気が強いこと思ってるくせに。
男の子一人すら相手にできないなんて。
自分の無力さに再び泣き出しそうになる。

「いつも来てたよな？　あのコンビニ」
「…………」
「俺さ。あそこから家そんな近くないんだけど、あんた見かけたからわざと通ってたんだ」
悪気なさそうに、金髪男が屈託なく笑う。
なんてことだ。

ここ最近、暴走族がうるさかった原因は、私があのコンビニを利用してたから？
私のせいなの？
隣のおばあちゃんも、優しい近所のひとも。
みんなを困らせてた直接の原因は、私だった？
ショックで、声が出ない。
ドアに背中をつけ、ぼんやりと彼を見上げた。

「分からない？　俺ら、めっちゃアンタにアピってたんだけど。先輩のバイト先の制服みんなで着たりさあ。ウケ狙《ねら》いで！」
「…………」
言われてみたら。
居酒屋の制服を着たマナーの悪い集団が、ぎゃあぎゃあ騒いでるのを見たような気がした。
それが逆に、怖くて。
私、酔っぱらいとか大嫌いだから。
お酒の匂いも、お酒に呑まれる人間も嫌い。
ついでに言うと、煙草も嫌い。
というか、お前らが嫌いだ。

「えー。覚えない？　けっこう頑張ったんだけどな。他の客にすげー笑われたりしたんだけど」
言い聞かせるように。
長い足を両腕で抱えて。

新しい玩具をもらった子供みたいに。
人懐っこい笑顔で私を見てニコニコしている金髪男。

彼にとったら。
全部、悪戯の延長上なのかもしれないけど。
私にとったら。
日々の生活を脅かす、迷惑以外の何物でもない。

「もういいから。帰して」
「そ、それはダメだ！」
「どうして？　私、あなたに何かした？」
「えっと。……何かした、っつーか……」
困ったように明後日の方を見て。
頭をガシガシとかいた彼は。
一拍置くと。
意を決したように、真っ直ぐ私に向き直った。

「俺、あんたに一目惚《ひとめぼ》れしたんだ！」

思いも寄らない言葉を。
大きな声で、はっきりと口にするものだから。
これが告白なんだって理解するまで、数秒思考が停止してしまった。

は？

一目惚れ？
誰が、誰に？
なんで？

「嘘でしょ……？」
「嘘じゃない！　じゃなきゃ、こんなことしない！」
それが本当でも、普通はこんなことしないし。
こんな、犯罪紛いのこと。
てか、犯罪だし。これ。
どう見ても拉致《らち》監禁《かんきん》だし。

イケメン。金髪。ヤンキー。不良。告白。

全部において面食らうことばかりなので。
頭が回らず唖然としていたら。
なにを勘違いしたのだろう。
突然、彼が携帯を取り出した。

「わかった。俺、女関係全部切るわ」
は？
なぜそうなる。
てか女関係って。
なに言ってるのこの人？

「ん――。あ―――。正直切るのつら――‼」

むーっと眉根を寄せた後。
えいっと。
なにやら意を決してボタンを押した模様。

「ほら」
と、見せられた携帯画面は。
『すべての連絡先』の欄に『連絡先なし』と表示されていた。

「え？　携帯の連絡先、全部消去したってこと？」
「ああ」
残念そうな表情が見え隠れする割りには、やってやったぞって感じ。
どや顔で私を覗き込んでくる。

「はあ？　なんで消したの？　親とか友達の連絡先とかどうすんの？」
「家番は暗記してるし。男友達はもっかい改めて直接聞く」
「こ、こんなことして、なんになるの？」
「俺の覚悟を見せたかったってこと。これで、俺と付き合ってくれるよな？」
「え？」
「俺にここまでさせたんだ。付き合うって言うまで、ここから出さねえ」
ニコニコと。

自分の誠実さをアピールし始めた、名前も知らない男の子。

この人は……。

本物の、バカなんじゃないだろうか。

■青山《あおやま》 蒼《そう》■

ここから出さない、と宣言しただけあって。
帰りたいと泣き喚く私に、困り果ててるくせに。
頑に、私を家に帰してはくれなかった。

まあ、まだ四時台だし。
ママが心配する時間じゃないけど。
これが、八時過ぎるとまずい……。
私が連絡もなしに夜遅くに帰って来たことなんて一度もないから。
ママのことだ。
確実に警察に連絡するだろう。

そうすると。
色々めんどくさいことになりそうだ。
男の家にいた。ってだけで。
私は悪くないのに、おかしな噂《うわさ》が立ちそうで。
しかも、相手はコイツでしょ？
近所のお騒がせ暴走族。

人間ってのは、真実よりも面白おかしい嘘《うそ》を信じるフシがある。
それは、クラスの中の出来事で、よーく熟知してきた。
嘘なのに、でっちあげなのに。

こうあって欲しい願望の方を、みんな本当だって言うんだ。
自分がその餌食になる未来が、既に起こったことのように容易に想像できた。

ということは。
タイムリミットまでに。
穏便《おんびん》にここを脱出しなければならないってことだ。

しばらくの間、玄関で押し問答を続けていたけれど。
相手は譲らないし、私もコイツと付き合うなんて死んでもご免だし。
結局、埒が明かないってことで。
渋々、部屋に移動した。

正直、玄関の硬い床に座っていたら。
腰が痛くなってきたし、この季節寒かったってのもある。

けど、通された部屋を見て。
直ぐに後悔した。
だって、その部屋は。
彼の自室だったからだ。

「まあ、てきとーに寛いでよ。あ、ベッド座る？」
「結構です！」
「チッ！」

「ち？」
「や。なんでもねえよ」
黒を基調にした、モノトーンの部屋はシンプルで。
意外にもキチンと片付いていた。
ただ、匂いがね。
あの安っぽい香水と煙草が混ざった匂いがして。
なんだか目眩《めまい》がしそうになった。
酔った感じっていうの？
場違いな状況も相まって、このまま倒れてしまいそうだ。

とりあえず、硝子テーブル近くの黒皮のソファに座る。
うーむ。
このテーブルに置かれた、分厚い灰皿。
もしかしなくても、コイツが使ってるんだろうか。
あああああほか。

「ねえ。あなた、年いくつ？」
「15。あんたと同じ中3だよ」
「へえ……」
中3で煙草かよ。
成長途中で煙草とか。
もうあほとしか言えない。もしくはバカ。
なぜこういう人間って死に急いでいるのだろう。
煙草って臭いし、部屋の中汚れるし、病気になる確率跳ね上がるし。

自分はいいかもしれないけど、副流煙でこっちが体おかしくなるし。
死ぬなら自分だけ死ね。
と、言いたいけど。
今言ったらダメだよね。
つか。知らないのかもしれない。
煙草の怖さ。

ああーんもう。
バカの相手って疲れる。

ここまで気が合わないのに。
付き合うとか絶対無理。
来世とかじゃなきゃ無理。
いや、来世でも無理かも。

もうね。人種が違う。
生きてきた世界が違う。
お願いだから、同じ世界の女の子とくっついてくれ！

なんて思ってるそばから。
ライター片手に、ごそごそと煙草を取り出した。

「……もしかして、煙草吸うの？」
「そうだけど？」

「私、喘息持ちだから、やめてくれない？　発作が起きちゃう」
「マジか⁉　ならベランダで吸うわ！」
吸わないって選択肢はないんですね。
携帯灰皿片手に、ベランダの窓をガラリと開ける。
その隙に逃げちゃおうかと思ったけど。
ベランダを背に煙草を口に咥え。
ニカッて笑うものだから。
逃亡する隙なんて、一瞬たりともなかった。

なーにがそんなに嬉《うれ》しいんだか。
意味が分からない。
彼は、ずっと笑ってる印象。
悔《くや》しいことに。
この笑顔、嫌いじゃない。
じゃなきゃ。なりふり構わず、とっくに警察に通報している。

もしかしたら。
不良じゃなくて、暴走族でもなくて。
このまま、普通の男の子だったら。
彼の告白を受けていたのかもしれない。
なんて。

そう思うほど。

夕焼けにうつろう彼は、元々の容姿も相まって。
見とれるくらい、カッコよかった。
私が毛嫌いしている煙草も、様になっている。

じじっと煙草が赤く燃え、すうと肺に思い切り吸い込む。
そうして溜め息みたい。
吐き出した紫煙が、こちらまで流れ込んでくる。

「こほっ！　けほけほ！」
「あ。すまん」
私が咳《せ》き込むと、灰皿にぎゅっと。
まだ長い煙草を押し付けてくれた。

「んー。カホがそんな体質なら、俺、禁煙すっかなあ」
いきなり下の名前で呼ばれ、思わずバッと顔を上げる。

「ちょっと。なんで私の名前知ってるのよ⁉」
「ん？　調べたの」
「どうやって⁉」
「そゆの詳しい人脈使って」
「あ、あなたねえ……」
「おお。そういや、カホは俺の名前、まだ知らないんだっけか」
「知るワケないでしょ⁉」
「だよなあ。俺のこと覚えてもなかったしなあ。これでも、けっこう有名だと思ってたんだけどなあ」
拗ねた子供みたいな表情をして。
って、中学生なんて大人にしたら、まだ子供なんだけど。
でも、やってることは大人の真似のくせに。
そういう表情するのって、ズルイと思う。

「ねえねえ。俺の名前知りたい？」
「特に」
「なんでー？　もっと俺に興味持ってよ！」
「……初対面の人間に、いきなり興味持てって言われても……困る」
「そ、そか！　ごめん……」
しゅんと俯《うつむ》く金髪くん。
刃物で切ったような二重瞼が閉じられて。
ぱさり、と長めの前髪が彼の視界を覆った。
夕日に照らされた金色の髪が。
いつか見た、夕焼けに赤く照らされた金色の稲穂のようだと思った。
さらさらと。
夜の気配をはらんだ夕風が。
彼の髪をさらっていく。

「…………」
なんて声をかけていいか分からなくて。
その前に、彼と会話を続けていいものかどうなのか考え倦《あぐ》ねて。
夕暮れの気配に、そろそろ帰らないとまずいなと。
心が逸る。

「……蒼《そう》」
「え？」
「俺の名前。青山蒼っていうの。覚えて」
「アオヤマソウ……」
「知ってる？」
「知らない。聞いたことない」
「なんだ……。期待したのになあ」
がっくりと肩を落とすくせに、やっぱり。
私に向けられるのは、太陽みたいな笑顔だった。

腕時計をちらりと見る。
いつの間にか、時刻は六時を回っていた。
まずい。
本気でヤバイ。
どうしよう。
そろそろ、なんとかしないと。
これはマジで警察コースになってしまう。

「あの！　青山くん」
「ソウでいいよ。てか、ソウって呼んで」
「え……。やだ。慣れてない人の下の名前で呼ぶの苦手」

「なんだよそれ。いいじゃんか。俺ら付き合うんだし」
「その、付き合うってことだけど、なんで私なの？」
「だから！　何度も言わせるなよ。一目惚《ひとめぼ》れしたんだよ。あんたに」
「私の何がよかったの……？」
こんなヤツに一目惚れされたなんて最悪だ。
今後、このようなことのないように、対策を練らなければ。

「それ、聞いちゃう？」
「聞く。聞かないと、納得できない」
「話したら、俺と付き合ってくれる？」
「……考えとく」
「じゃあ話す！　えとねー。とりあえず、可愛いから！」
「…………」
「あとね。足！　足がすごい綺麗だったから！」
可愛いは置いておいて、足かよ。
しまった。
夏場、楽だって理由でショーパン愛用してたのが仇になったか。
ママに止められたんだよね。
そんなに足を出しちゃダメよって。
おかしな人に目をつけられるわよって。
流石《さすが》、ママ。
その通り、おかしな人に目をつけられました。
今度から、ちゃんと。ママの言いつけを守ろう。

「あとは。ツンツンした感じ！　すげー好き。俺らのこと目もくれないの」
「ああ……」
「最初は、生意気な女だなあって思ったんだけど。そゆとこがいいなーって。気がついたらめっちゃ好きになってた」
「なら、こんなことしないで声かけたらいいじゃない」
「やー。そうしたら、他の仲間に抜け駆けされそうでさあ。それに、俺ら集団で囲んだら怖がるしょ？」
こうやって拉致監禁《らちかんきん》されるのも、相当怖いんだけど？

って、口にしたかったけど。
今のとこ、主導権が彼にある以上。
下手《へた》なことは言えない。

犯人説得じゃないけど。
なんとかしてここを脱出しなければ。

「分かった。付き合うから、ここから出して」
もうこれしかない。
もちろん、嘘《うそ》だけど。

「は？　マジで？」
キラキラと。
夕日のせいか、赤く反射した彼の目が輝いた。

「ホントに？　嘘じゃなくて？　俺と付き合ってくれる？」
「うん！」
我ながら。
こうい時、笑顔で嘘をつける自分が恐ろしい。
けど、嘘も方便っていうし。
これは、嘘ではなく。あくまで戦略だし。
それに、騙《だま》し討ちみたいに私をここにつれてきたコイツがそもそも悪いのだ。

「でもなー。さっきまであんなだったのに、いきなりオッケーしてくれるなんて……なんかさ。おかしくね？」
す、鋭い。
この人、思ってたよりバカじゃないのかも。
ベッドの上、あぐらをかきながら。
ソウが、んーって腕組みして考え込んでいる。

「だって！　女の子達使って、こんなとこまで連れて来るなんて！　警戒しない方がおかしいじゃない！」
「そ、それもそうか……」
「でしょ？　あーあ。あなたみたいにカッコイイ人に好きになってもらえるなら、普通に呼び出された方が嬉しかったし、告白もすんなりオッケーしたよ。なのに、こんなのってないよ」

なんて言ったら信用してもらえるか。
頭の中をグルグル。
一番いい答えを導きだそうとフル回転する。
これは、嘘じゃない。
大丈夫。
結果良ければ全て良しなのだ。
無事帰る為の交渉手段の一つなんだ。
嘘をつくのが苦手な自分に言い聞かせる。

「マジか⁉　ヤベー。俺、失敗したー‼　ごめんなあ」
必死で次にどんな言葉で懐柔しようか計算していたら。
突然、ソウに抱きつかれた。

「きゃあ！」
「わ！」
「ちょ、突然なにするの⁉」
「いや。困った顔も可愛いなあって。てか、カホって細いし小さいのな。そんで、いい匂いがする……」
「やめて！　離して！」
「ダメ。俺達、これから付き合うんでしょ？　なら彼氏彼女じゃん」
「はあ？」
「だーかーらー。俺は、カホの彼氏っつーことでしょ？　だから、こゆことしてもありってこと。それとも、彼女になるって言葉。あれ、嘘なワケ？」

「…………」
ソウの大きな胸の中に無理矢理抱き締められながら。
つい。嘘ですよー。
って、本当のことを言いそうになる。
全くもって、不愉快極まりない。
煙草臭いし、香水臭いし。
最悪だったけど。
でも、不思議と。
ソウの腕の中は。
あったかくて。そこまで嫌じゃなかった。
気がした。

なんだか、昔を思い出す。
パパとママと一緒のベッドで寝てた頃。
キングサイズの真っ白なベッドの上。
パパとママに挟まれながら眠るのは、とても幸せで。
ママに抱き締められるのも嬉しかったし。
パパの大きな背中に抱きつくのが大好きだった。

同じ年の、まだ少年の。
心許ない、筋肉はあるけど華奢《きゃしゃ》な身体。
なのに、頼りになるというか。
そういう所は、やっぱり男の子なんだなって思った。
少年のくせに。少年だから。
危ういんだけど、確実に成長しているんだなって。

ソウの体から伝わってきた。

あんなに大嫌い！　って感情しかなかったのに。
へんなの。

「なあ。キスしていい？」
ソウの温かい胸の中。
自分の中にふんわり芽生えた見知らぬ感情について浸っていたら。
突然、とんでもないことを言われた。

「は、はあ!??」
「え。キスしたいんだけど。いいかな？」
「いいワケないじゃない!!!」
「ヤダ。だって、俺と付き合ってくれるんでしょ？　キスしたい！」
「嫌っ！　絶対に嫌！　断固拒否する！」
「なんで？　じゃあどうして付き合うの了解してくれたんだ？　やっぱ嘘なのか？　俺のこと騙したの？」
「…………」
「不安なんだよ。キス、させてよ」
キスって。
あのキスだよね？
ドラマや漫画でよくある。
盛り上がって参りました！　のところで。

なんでか、ちゅーってする。
家族とテレビ見てて、キスシーンが入ると気まずくなる、あれよね。

まさか。
自分が、そんな立場になるなんて。
キスって。キスって……。
自分がするなんて、考えたこともないし。
ましてや、まだ誰ともしたことないし。
するとしても、もっと大人になってから。
ずっと先のことだと、なんとなく思ってたから。
頭が真っ白になった。

「ね。お願い。キスしたら、ここから出してやるから」

切ない、思い詰めたような。
必死な表情で私のことを見つめてくるソウ。
そんな顔されても、ダメなものはダメだし。
ファーストキス？
いつもだったら、なにそれダッサ。
って、笑い飛ばしてるんだけど。
いざ、コイツにそれを奪われるかもしれない危機的状況になってしまったら。
絶対ヤダ！　ファーストキスは好きな人じゃなきゃ嫌ー。
なんて。

スイーツ的な。乙女的な思考になってしまった。
ああもうああもう。
こんなの格好悪い。
今日の私は、15年間生きてきた中で一番格好悪い。
私のプライドとか、矜持とか。
そういうものを無理矢理破壊されていくようで。

自分でも知らなかった、女の子の部分を暴かれたみたい。
屈辱で顔が真っ赤になっていくのが自分でも分かった。

そんな私を、恥ずかしがっていると勘違いしたソウが。
なんだか知らないけど、私の頭をよしよしと撫《な》でてきた。

「大丈夫だいじょーぶ。キスくらい平気だから。なにも、それ以上させろ！　なんて言わねえから」
「それ以上ってなによ⁉」
「それはもちろん……」
「ぎゃ――――！　もう言わなくていいから‼」
「えー。俺、こう見えて紳士なんだけどなあ」
「どこが‼」
ソウの腕から逃れようと、必死でもがいてみたけれど。
がっちりと腰を抱え込まれていて。
暴れるだけ徒労に終わった。

お願いって。

眉根を寄せて。
おねだりする子供みたいなソウの視線に耐えられなくて。
視線を下に落としたら。
腕時計の時刻が、七時を回ろうとしていた。
これは、まずい。
本気でまずい。
さあ、と血の気がひく。

うちのママは、私が一人っ子であることもそうなんだけど。
私のことになると、人一倍心配性になる。
ママの心配する姿を見たくない。
それだけは、嫌。
大事なママに、不安な思いをさせたくない。

だから、決めた。
キスくらいどってことない。
所詮、肌の一部が触れるだけのことだ。
くだらない感傷なんか、知らない。
たかが、キスだ。
そんな思い悩むことでもない。

外国なら挨拶《あいさつ》代わりに誰でもしてるし。
固定観念が私を雁字搦《がんじがら》めにしているだけのことなんだ。

「……本当に。キスしたら、ここから出してくれる？」

「うん！」
憎たらしいほど、ソウの表情がパッと明るくなった。
このー。
そのなんも考えてないバカ面を、はっ倒してやりたい。

「あの……私、どうすればいい？」
こういう時、どうしていいか分からない。
キスなんてしたことないし。
目は瞑《つむ》るものなの？
それとも、開いたまま？

困り顔でソウを見上げたら。
さっきまでキスさせろって余裕だったくせに。
なんだか緊張した面持ちになっていた。

「いやあの。俺も、改めてそんなこと言われたら。困るっていうか……いつも、なんとなくキスしてえなあって思ったら、普通にやってるし。そう身構えられると、俺もどうしていいか……」
「はあ？　そんな簡単にキスしてたの？」
「すんません……」
「じゃあもうやめよう。帰る」
「それはダメだっての！　せっかくキスさせてくれんだろ？　したい！　ぜってーキスしたいー!!」
アホか。

子供みたいにだだをこねるソウに呆れてしまう。
そんなに、キスって重要なんだろうか。
ソウは、キスなんて簡単にしてきたみたいだし。

「好きな子とキスしたことねえから！　緊張してんの‼」

私以上に、顔を真っ赤にして。
むーって。膨れているソウ。
でも、絶対に私を捕まえている手を緩《ゆる》めようとはしない。
はあ。コイツ。
本当に、子供だ。
そして、要求することは背伸びした大人みたい。
なんてアンバランスな存在なんだろう。

「な、なあ」
「なに？」
「その……目、閉じてくんねえ？」
さっきまで、子供みたいだったのに。
また私の知らない表情。
大人の男性みたいな顔で。
私のことを、真剣な眼差しで見つめてきた。

それに、ドキンと。
柄にもなく心臓が跳ね上がる。

「ええっ！　そんなこと言われても無理！」
「なんで!!?」
「い、意識しちゃうし！」
今日会った初対面の男子に。
拉致監禁《らちかんきん》された上。
キスまで強要されるなんて。
厄日《やくび》としか言いようがない。
神様。私、なにかしましたか？

「あー。もう。分かった」
水掛け論。平行線。千日手。
それに焦れたソウは。
大きな手の平で私の視界を覆うと。

「あ……」
文句を言う私の唇を、自分の唇で塞《ふさ》いでしまった。
キスの味はレモンの味なんて。
誰がそんなことを言ったのだろう。
バカげている。幻想だ。
実際は、煙草の苦い味と。
仄かなお日様の匂い。
これって、ソウの匂い？

目隠しを外されても、動けない私に。

ソウが、悪戯が成功したような。
達成感がある笑顔で、私を胸に抱き締めた。

「やったー！　これでカホは俺の彼女ー‼」
なんて、はしゃぐから。
つい。
後のことを顧みずに、平手打ちを喰らわせてしまった。

「痛っ⁉」
虚をつかれたのだろう。
私から手を離し、後ろに倒れるソウを無視して。
玄関まで走った。
ローファーを履いている暇なんかない。
靴下のまま、エレベーターまで駆け寄る。
ラッキーなことに、エレベーターのランプは九階を示していた。
ソウが追ってくるかもしれないと思うと、気が気じゃなかったけど。
その前に上手《うま》いことエレベーターに乗ることができた。
「閉」のボタンを連打して、素早く扉を閉める。

「つっ……かれたあ……」
腕時計を確認する。
時刻は七時過ぎ。
図書館で夢中になってたと、言い訳をすれば許される範囲の時間だった。

それに、ホッとしつつ。
まさか十階から一階まで、ソウが駆け下りてきやしないかドキドキしつつ。
用心に用心を重ね。
一階に着いた瞬間、弾かれたようにマンションの外へと飛び出した。
大通りを避け、できるだけ目立たない路地裏を走る。

土地勘はあったし。
この町は友達が住んでいるから何度か来たこともあった。
最寄り駅の反対方向だったけど。
いざって時はタクシーを捕まえればいい。
駅周辺のビル街が見えてきて、ようやく落ち着いたとこで。
ママに電話をかける為、携帯を取り出す。
案の定。ママからの着信が数件あった。
それに、少し笑って。
折り返し、ママに電話をかけた。

「もしもし。ママ？」
『カホちゃん？　いつもより連絡が遅いから心配したわよ』
「ごめんね」
『どうせカホちゃんのことだから、勉強に夢中になってたんでしょ？』
「……うん」
『ダメよ。勉強もいいけど、ママはカホちゃんのことが一番大事なんだから』
「……分かった。直ぐ帰るね」
『はいはい。今日はカホちゃんの好きなポテトグラタンよ。気をつけて帰ってきてね』
「……はい」
どうして。
ママに嘘《うそ》つくのは、こんなに辛《つら》いんだろう。
アイツについた嘘は、なんにも思わないのに。

どうしよう。
ねえ、ママ。
私、今日ね。
男の子と、キスしたんだよ。

なんて。
絶対に、言えない。

## ■嘘《うそ》つきのキス■

マシュマロを頬張る度。
思い出してしまう。
ソウとのキスのこと。

「カホー。そんなマシュマロばっか食べてどうしたー？」
お昼休み。
本日は、真冬と一緒に昼食の日。

「ちょっとね。ハマってるの。食べる？」
「食べる食べるー」
「どぞ」
プレーンマシュマロが入った水色の袋を、真冬の方へ差し出す。

「これさあ。普通に食べても美味《おい》しいんだけど、食パンに乗っけて焼くとウマーなんだよね。カリトロふわって感じで」
「なにそれ美味しそう」
真冬が美味しそうにマシュマロを頬張る。
ふわふわのマシュマロは、真冬の中へ溶けていく。

「キャセロールみたいなの」
「きゃせろーる？」

「知らない？　アメリカの感謝祭で作るお菓子なんだけど。グラタン皿にね。カボチャとかサツマイモとかマッシュしたやつを入れて、その上にこれでもかーってくらいマシュマロを並べてオーブンで焼くの」
「めっっちゃ美味しそう!!!」
「美味《うま》いよ。気絶するほどに」
「まふちゃん作ってー！」
「んー。なーんて上から目線で言ったものの、実は私が作ったんじゃなくて、作ったのはお母さんだしなあ」
「私、作ろうか？」
色にしたら、ピンク。
可愛い、玩具のピアノの音を連想させるような。
美央の声が、上から音楽みたい。降ってきた。
見上げれば、にこにこ笑顔の美央の姿。
本当に、美央は。可愛い。

「美央、作ってくれるの？」
「うん。レシピ教えてくれたら作るよー。てか、聞いてるだけで美味しそうだから、割り込んじゃった。ごめんよー」
「いいよいいよ。どうせカホは作らないだろうし、私は失敗しそうだし。美央が作ってくれるならラッキーだ」
「じゃあ今度、作ってこようか？」
「「やったー！」」
真冬がレシピをメモ帳にさらさら書いて、美央に渡す。
それを、宝物みたいに。

そっと。大事に受け取る美央。

そんな二人の姿を見ていたら。
つい。青山くんとの関係を忘れてしまう。

ん？
青山……？

『俺の名前。青山蒼っていうの。覚えて』

まさかね。
青山なんて、よくある名前だし。

「カホ。どうしたの？」
「え？」
気がつけば、真冬と美央が心配そうに私の顔を覗き込んでいた。
二人共、種類は異なれど相当可愛い。
真冬はクールビューティーって感じの、氷をイメージするみたいな綺麗な美人さんだし。
対照的に、美央はふわふわ優しい春風って感じの。癒し系な美人さんだ。

そんな二人の顔を至近距離で見たら、綺麗すぎてびっくりしてしまう。

私も同じ女の子だけど、ドキドキしてしまうじゃないか。

「ごめん。なんでもない」
「でも、近頃カホちゃん元気ないから心配だよ」
「美央もそう思ってた？」
「まふちゃんも？」
「うん。ほら、カホって凛《りん》としてるっていうか、いい意味で隙がないっていうか。でも、近頃はぼんやりしてることが多いよね」
「あー。それ、分かるなあ。なんかあったの？」
「なんにもないよ」
「ほんとに？」
「……本当」
なんて言いながら。
私の目が泳いでいるのは、二人にバレバレだろう。
だって。自分でもショックだったんだもん。

あんな不良と、キスしたこと。

ふと。
唇に指を当ててみる。
嫌な嫌な思い出。
忘れたい記憶。
でも、泣き出したいくらい切なくなるのは、なぜだろう。

あれ以来、あのコンビニに行ってない。
私をはめた女の子達が話しかけようとしてもフルシカトしている。
先生や親に言ってないだけ有り難いと思って欲しい。
本人達に罪の意識はまるでないし。
通報したら、絶対捕まるって。

だから、あの彼には。
ソウには。
ずっと会っていない。
会いたくも、ない。

「美央ー！　お客さん」
遠くから呼ぶ誰かの声に、顔を上げる。
いけない。またぼうっとしてた。

三人で呼ばれた方へ視線を向けると。
クラスメイトの西尾《にしお》さんと、それから。
入り口に、青山くんが立っていた。

「あれ？　ショウゴ、どうしたんだろ？」
はてな顔で、美央が可愛らしく小首を傾《かし》げる。
あ……って、思ったら。
真冬が興味無さげに、紙パックの豆乳を飲みながら。

「青山くん。美央に用事なんだよ。早く行ってあげなよ」
なんて。素っ気なく呟《つぶや》いた。
ねえ、真冬。
その紙パック。さっき飲み干したよね。
がじがじと噛《か》まれたストローは、真冬の歯形で変形していた。
それはまるで、真冬の心のようだ。

好きな人がいるのに。
その好きな人の好きな子に。
遠慮して、譲るって。
きっと心がとても痛くなることだ。
いつか。聞きたい。
ほんとのこころ。

私の、キスの話。
真冬にまだ、言い出せない。
だから、いつか言える時。
それと同時に、真冬のことも。聞いてみたい。
私でよければ、心の痛み。分けて欲しい。
余計なお世話かもしれないけど。

私にとって。
真冬も。もちろん、美央も。
大好きで大切な友達だから。

マシュマロを食べるのをやめて、封を閉じて鞄《かばん》に入れていたら。
青山くんのとこに行った美央が。

「カーホちゃんっ」
って。手招きしてるのに気がついた。

え？　私？
一体なんの用だろう。
青山くんも、美央と一緒にこっちを見てるし。

オロオロして真冬に助けを求めるように視線を送ったら。
「私はいいから、いってらっしゃい」
真冬はこちらを見ずに、窓から見える秋晴れの空を眺《なが》めていた。
なんだか。そんな真冬が淋《さび》しくて。
置き去りにしてしまうみたいで。

「カホちゃーん。ごめんー！　ちょっと来てー！」
美央が、呼ぶから。
後ろ髪を引かれつつ、真冬を残して。
私は席を立った。

「どうしたの？　なんかあった？」
教室の入り口には、相変わらずニコニコ笑顔の美央と。
無表情で腕組みをしている青山くんがいた。

「あのねー。ショウゴがカホちーにお話があるんだって」
「私に⁉」
「…………」
私を睨みつけているのか。
そもそも、その目つきの悪い顔つき自体が彼にとって常なのか。
嘘か本当か分からないけれど、青山くんが暴力団の息子だって噂《うわさ》されちゃうのも、この態度を見れば分かる気がする。
だって、綺麗な顔してるしすごいカッコイイけど。
なにより、めっちゃ怖いんだもん。
美央には悪いけど、思わず逃げ出したくなった。
剛胆だとは思ってたけど。青山くんと仲良しな美央ってすごい。
いや、天然がなせる技なのかもしれない。

「ええと……青山くん。私に、なんの用かな」
「おい、美央。ちょっとどっか行ってろ」
「えー。ヤダよー。カホちゃん一人をショウゴなんかと二人きりにさせるなんてできないよ」
「どういう意味だ？」

「だって。ショウゴ、怖いし」
「…………」
平然と言ってのける美央は、やっぱり天然で。
美央の発言に、青山くんは平静を装ってはいるけれど。
少なからずダメージを負ったに違いない。
無表情だった青山くんの顔が、僅《わず》かだけどへこんでるように見えた。
怖いって思われるの、けっこう気にしてたんだ。

そう思ったら、なんだか怖くなくなったっていうか。
前より青山くんに親近感を覚えた。

私もさ。
見た目で判断されちゃうし。
そういうのって嫌だよね。

それに。
青山くんなんかより、もっと怖い人間とこないだ接触したばかりだし。

「青山くん。怖くないよ。美央ってば、失礼だよ」
「え⁉　あ……うん。ごめんね」
「あ！　いや、まあ。そんなしょんぼりした顔しないでよー。とにかく、青山くんは私に用事があるんだよね？」
「ああ」

いつも通り。
青山くんは表情一つ変えず、軽く頷《うなず》いた。
そういえば、青山くんとマトモに話したのはこれが初めてのことかもしれない。
今も、こうやって私を青山くんが見下ろしているけれど。
なんだか実感がない。
平均男子の身長より高い青山くんの見ている景色は。
きっと、他の人と違うんだろう。
青山くんの目には、どんな風景が映っているんだろうか。

「じゃ！　私、席戻ってるねー」
私のせいで微妙な空気になっちゃったのに。
そんなことなかったみたいに。
美央が笑顔で教室の中に入って行った。

廊下の隅に残されたのは。
カッコイイけど、黒い噂がある青山くんと。
地味な私だけ。

廊下の窓から、午後特有の。
とろんとした蜂蜜みたいな日射しがこぼれる。
なんだか、青山くんと二人。場違いだなあ。
なんて。なんとなく思った。

奇異の目で見てくる通りすがりの同級生。

そんなことはどうでもよかった。
どう思われようが、私は私だし。
青山くんは青山くんだ。

もちろん、私も表面上の青山くんのことしか知らないし。
青山くんだって、私のことをそんなに知らないだろう。
心の中や、感情や。
本当の性格は。
誰にも分からないんじゃないのかなあ。

自分さえ。よく分かってないのに。

「泉。いきなり呼び出してすまんな」
ぼんやりと。
午後の風景と。
テンプレみたいな態度を取る。
名前も知らない通りすがって行く生徒をぼんやり見つめていたせいか。
急に青山くんに話しかけられて驚く。

いけない。
さっきも美央達に指摘されたばかりなのに。
どうもこの所の私は、呆けてしまっているようだ。
それもこれも全部、あの金髪男。ソウのせいだ。

「全然いいよ。それでどうしたの？」
「いや……」
歯切れが悪く、青山くんが口を開く。
そういえば。こんな風に青山くんと二人で喋《しゃべ》ったことなかったなあ。
二年の時、同じクラスだったのに。
全く接点がなかったし。
そもそも、青山くんは学校をサボリがちだった。
まあ。三年になってからも欠席が多いみたいだけど。
こうやってちゃんと登校するようになったのは。
はっきりいって、美央のお陰だと思う。

「あのな」
「うん」
「まずな」
「うん」
「……ありがとな」
「はい？」
突然の青山くんからの「ありがとう」の言葉に面食らう。
てか、照れてるその顔。
反則なくらいカッコイイ。
ギャップが可愛い。
そりゃ。女子が陰で騒ぐワケだよね。

「え？　なんでありがとう？」

「……俺のこと、怖くないって言ってくれたから」
「あ……」
「嬉《うれ》しかった」
ニカッて。
笑った顔が。
やられた！　って感じで。
そしてなぜか、その笑顔にデジャヴを覚えた。

あれ？
この笑顔、どっかで見た気が……。

「ま、本題は別にあるんだけどな」
あ……。って。
笑顔を直ぐにやめてしまった青山くんは。
またいつものクールな無表情に戻ってしまった。

その顔もカッコイイとは思うけど。
私は、青山くんの笑顔の方が好きだなあ。
なんて、本人に言ったら。
次はどんな表情をするのだろう。
いっそ、言ってみようか。
なんて、またぼんやり考えていたら。

「泉さあ。……青山蒼って、知ってるか？」
青山くんに見とれていた私が悪いんだけど。

流石《さすが》に虚をつかれて。

「えええええっ！」
知ってますよ？　って、思い切り態度に出ていたと思う。
そんな私の狼狽える姿を見て、はあと。
青山くんが溜め息をついた。

「だと思ってた。知ってるんだな、ソウのこと」
「……一応」
「悪かった」
「へ？」
「身内が、すまなかった」
あの、青山くんが。
ぺこりと頭を下げた。
高身長だから、少し頭を下げただけで。
ものすごく謝っているように見える。

すれ違うみんなの好奇の眼差しが、さらに強くなったように感じた。
それは、そうだろう。
怖いと恐れられている青山くんが、私なんか地味子に頭を下げてるんだから。
周囲のことになんか気にしない私だけど、これは。
視線に耐えられない！

「な、なんで青山くんが謝るの？　顔をあげてよ」
「ソウが、申し訳ないことをした」
なかなか頭を上げない青山くんを、もういいよっと顔を上げるように促す。

青山って同じ名前だなと思ってはいたけど、まさか身内だったなんて。
でも、青山くんとソウって同じ年じゃなかったっけ。

『15。あんたと同じ中３だよ』

忌まわしい記憶すぎて、忘れたくても忘れられない。
直ぐにソウの言葉が頭を過った。

「……もしかして。青山くんとソウって双子なの？」
「違う」
即座にきっぱりと否定する青山くん。
……ソウと一緒にされたくないのかな。
この二人。
怖い感じ？　は同じだけど。
またタイプが別だもんね。
ソウはチャラいけど。
青山くんは芯《しん》が通っているっていうか。
私は、青山くんの方がタイプかな。
なんて。

冗談でも真冬には絶対に言えないけど。

「じゃあ親戚？　従兄弟とか」
「……まあそんなもんだ」
ソウとの関係を濁す青山くん。
親戚でも従兄弟でもないみたい。
それじゃ、どんな関係なんだろう。

顔は、似てるし。
血の繫《つな》がりはあると思って間違いなさそうだよね。

「それで、ソウがお前に会いたいって言ってるんだけど」
「死んでもヤダ」
「だよな」
はあと。二度目の溜め息を青山くんがついた。

「すまん。俺、あいつから大体話聞いてるんだ」
「ええ⁉」
「泉と同じ中学に通ってること聞きつけやがって、ソウから相談されたんだ」
「あー……」
終わった。
青山くんに、あのこと。知られてしまった。
もう逃げ出したい。
いっそ、そこの三階の窓から。

「おいやめろ」
「え？」
がらがらと窓を開ける私を慌てて止める青山くん。
やばい。無意識に体が勝手に。

「泉が、アイツのこと受け付けられないのは、俺もなんとなく分かる。お前、ああいうタイプ苦手だろ？」
「なんで分かるの⁉」
「見てたら、なんとなく。お前、美央と仲いいからな」
なるほど。
あれなのかな。
私が、美央といる青山くんが。
美央のこと好きなんだなって感じてるのと同じなのかな。
そういうの、なんとなく分かるよね。

「俺もなあ。諦めるように説得したんだけどな」
「嘘《うそ》！　ありがとう青山くん」
「失敗に終わったが」
「えーん」
「うわ！　泣くなよ‼」
ソウのことを考えると、嫌すぎて涙が出てくる。
それくらい、私の中ではトラウマになっていた。

突然泣き出した私に、廊下が騒然となる。

悪名高い青山くんと、平凡な女生徒の私。
これは、事件になってしまう。
職員室に通報されるのも時間の問題なので、なんとか泣きやむことにする。

「青山くん。どうにかならないの？」
「ソウは一本気つか、一途だからなあ」
「そうなの？」
「ああ。俺も、ソウが色んな女と付き合ってるの見てたけど、今回くらい本気なの初めてだから驚いてる」
「うへえ」
「だよな」
私の反応に、困りながらも青山くんが深く納得する。

「あいつのこと、知ってる？　その、どういった人間で、どこの中学に通ってる、とか」
「知らない。全く知らない。知りたくもない」
「まあそう言うな。敵のことを知っておいたほうが、後々有利になるぞ」
「おお！」
軍師みたいなことを言う青山くんは、なんだかとても頼もしかった。
そういえば、こないだの模試。
私、青山くんに抜かれてたな。
なにげに頭いいんだよね。この人。

「ソウは南第三中に通ってる」
「げ」
「げ。とは？」
「だって、あそこヤンキー名門中学じゃない。バイクで校舎の中走ったり、夜の学校に忍び込んで窓ガラス割りまくったり、先生に暴力ふるったり」
「いつの時代だよ……と、言いきれないとこがあの中学なんだよなあ」
「やっぱり。そこって、暴走族に入ってる人も多いんだよね確か」
「よくご存知で。ちなみに、ソウは月華一閃《げっかいっせん》っていう暴走族で特攻隊長をやっている」
「うわあ」
ベタすぎて何も言えない。
ひき気味の私に、青山くんが苦笑しながら暴走族について教えてくれた。

「すげえ名前だろ。他にも婆娑羅《ばさら》、紅一文字、怒狗炉《どくろ》とかもあるぞ」
「へ、へえ……」
「まあなあ。数だけ言えばたくさんあるように思えるかもしれんが。田舎《いなか》の暴走族の大半が少数の寄せ集めだからな。昔と違って、そこまで大人数でもない」
「そうなんだ。意外」

「あれだ。クラスでハンパに浮くヤツいるだろ。みんな居場所を探してぼっちなんだよ。ま、俺も他人のこと言えないけどな」
「青山くん……」
青山くんは、違う気がするな。
自分から人を寄せ付けないようにしているっていうか。
上手《うま》く言えないんだけど。
私は、今日改めて青山くんとお喋《しゃべ》りして。
前より好ましく思ったけどな。

「そんなぼっち野郎が、ぼっち同士上手くやれるはずねえだろ？　って、ことは。そっから集まった集団が分裂して、また新しい集団ができる。三人組の暴走族だっているぞ。ま、そうなったらもう族とは言えんのかもしれんけどな」
「ふうん」
あまり、興味のない話題だけど。
青山くんと話をするのは、楽しかった。
夢中になって青山くんとお喋りしていたら。
お昼休みの終わりを告げるチャイムが鳴った。

「お。ごめんな。俺のせいで昼休み潰《つぶ》しちまって」
「いいよ。なんか、楽しかったし」
「そう言ってもらえると、有り難い」
「えへへ」
見た目で判断するの、よくないな。

前までは怖そうって、遠巻きで見ていた青山くんだけど。
話したらこんなに楽しいなんて、思わなかった。
もっとお喋りしていたいくらいだよ。

「泉」
「はい？」
教室に入ろうとした私を、青山くんが引き止めた。

「ソウに気をつけろよ」
「うん。分かったよ」
「あいつ、お前の家。探してるぞ」
「なにそれ！　軽くストーカーじゃん！」
「軽くなくとも紛れもなくストーカーだ」
「いやああ！」
「あと、学校帰りな。いや、帰りもそうだが行きもだ。アイツは、こうって決めたら徹底的に探し出すぞ」
「なにそれコワ」
「俺からもきつく言っておく。それに、お前ちゃんと用心深く振る舞ってるみたいだな。ソウからお前に会ったって話を聞かないから」
「当たり前じゃん！　だって私、職員玄関からコッソリ出入りしてるもん」
「でかした」
ニカッと。
またあの笑顔を私に向けてくれる青山くん。

ヤバイ。きゅんときた。

「流石《さすが》、模試の上位入賞者だ」
「あー！　それ青山くんもでしょ？　次は負けないんだから」
「なに言ってんだ？　英語ではお前が常に一位だろ」
あー。知っててくれたんだ。
素直に、嬉《うれ》しい。
嬉しくて、頬が緩《ゆる》んでしまう。

「なにかあったら言えよ。これ、俺の携帯番号」
淡いブルーのメモの切れ端を、周囲に見られないように青山くんがそっと渡してくれた。
「あ、ありがとう……私の携帯番号はね」
「いい。俺みたいなのと関わってるの周りにバレたら面倒だろ」
「そんなこと……」
「つか。今も悪かったな。まさか廊下の端でこんなに目立つとは。誤算だったぜ」
じゃあ、と。
足早に自分の教室へと戻って行く青山くん。
別に、いいのに。
なんでそんなに気にするんだろう。
今まで、なにかあったのかなあ。
だって、わざと友達を作らないようにしてる。

きっと、青山くんには青山くんしか分からない理由があるんだ。
私が詮索しても仕方のないことだし。
それは、個人の自由だと思う。

けど、私は。
また青山くんとお話したいなあ。なんて。
その背中を見つめながら、またぼんやりと考え込んでしまった。

■沖田《おきた》 銀糸《ぎんし》■

青山くんに叱咤激励《しったげきれい》されたせいで。
俄然、受験勉強の意欲がわいた私は。
苦手である数学を克服すべく参考書を買いに、放課後、本屋に来ていた。
相変わらず一人だけど、淋《さび》しくはない。
むしろ、気楽でいい。
参考書選びなんて、誰も長時間一緒に付き合いたくないだろう。
私もじっくり選びたいから、ぼっちの方が気楽でいい。
……やだ。
これじゃ、どっかの暴走族と同じじゃないか。

なんて、心の中で思いながら。
自分に合った参考書を吟味する。
しばらく参考書選びに熱中していたら。

「あー！　イズミカホちゃんだ‼」

突然、後ろから声をかけられた。

誰だ⁉　私のこと、律義にもフルネームで呼ぶヤツは。
あれこれ選んでる最中に水をさされたことに、不機嫌全開にして振り返れば。

見覚えのない銀髪の男の子が立っていた。

「おー。そうだそうだ！　久しぶりっ！」
誰？　この人。
脱色したであろう銀髪に、少し垂れ目がちな二重の瞳。
背もそこそこ高いし。
イケメンの部類なんだろうけど。

彼が山ほど抱えている雑誌や本が、全てを台無しにしていた。

オタクっぽい絵柄の女の子が表紙の漫画やアニメ、声優関連の雑誌。
これ、全部買う気だろうか？
てか、この人。外見ヤンキーぽいけど、オタク？
だから髪の毛、銀色にしてるの？
いわゆる、レイヤーってやつかもしれない。

そう思ったら、いいひとに思えてきて。
いつもの警戒心が薄れていった。

久しぶりってことは、小学生の同級生とかかな。
でも、見覚えないんだけどなあ。

「あ？　これ？　俺、アニメ好きでさ。将来声優になりたいの」
「そ、そうなんだ……」
私があんまりジロジロ見たからだろうか。
聞いてもないのに自分のことを話し出した。

「ねーねー。なんで最近いつものコンビニ来ないの？　ソウのヤツ心配してたよ」
「え？」
「ソウの彼女なんだよね？　どうしたの？　喧嘩でもしたの？」
「はい⁉　あなた誰ですか？」
「俺？　俺は沖田銀糸だよーって。俺のこと、ソウから聞いてないの？　これでもアイツの親友なんだけど。なんか傷つくなー。まあいいや」
言うなり、抱えていた雑誌を片手に一纏《ひとまと》めにし。
空いた右手で携帯を取り出した。

「あ。もしもし。ソウ？　俺、銀糸。彼女見つけたよー」
「⁉」
「うん。うん……そう！　駅前の本屋。そこにいたー。うぇい。足止めしとくしはよ来てやー」
「!!?」
これって。
ソウに電話してる？
ヤバイ。人を見かけで判断しないって、あれケースバイケースだ。
今回は、判断して正解だったんだ。

「うにゃ？」
そろーっと、参考書を元の棚に戻して、ダッシュでこの場から立ち去る。
「ええっ！　なんで逃げんの⁉」
逃げるに決まってるじゃん。
脇目もふらず、本屋から脱出する。
けど、残念ながら私の足は遅い。
程なく、この銀糸っていう男の子に捕まってしまった。
片腕を引っ張られて、反動で倒れそうになるのをなんとか堪えた。

「もー。なんなの突然。いきなり走り出すし、今日発売の本買えなかったじゃんか。楽しみにしてたのにー」
「なら、戻ってどうぞ買ってきてください」
「そういうワケにはいかないの。俺、ソウと約束したもん。カホちゃん見つけたら会わせるって」
「そんな約束知らないわよ！」
「なんで？　どうしてそんなこと言うの？　カホちゃん、ソウの彼女でしょ？　ソウ、めっちゃ落ち込んでたよ。あれじゃ、ソウが可哀想《かわいそう》だよ」
「そんなの知らないし！　っていうか、私、ソウの彼女じゃないし！」

「またまた。喧嘩したからってそんな哀《かな》しいこと言わないの。ソウにあんなに好かれて幸せじゃん。何がそんなに気に入らないのさ」
「うるさい！　このヲタク系ヤンキー!!」
「え」
「オタクなのかヤンキーなのかはっきりしろ!!」
「ど、どっちもだもん！」
「悪いけど、どっちも嫌いなのよ！　離してよバカ！」
「がーん……」
もうその擬音を口で言っちゃう辺り、受け付けないんですけど。
見た目ヤンキーなのに、オタクなんて……。
嫌なギャップだな。
近頃は青山くんのお陰で偏見とか前よりなくなってきたけれど。
ソウと親友なら話は別だ。
悪いけど、差別させて頂く。

「離してくれないと大声で叫ぶわよ」
「そんなことは許さないのだよ。さあ、一緒に来てもらうよ、お嬢さん。フフフ。果たして僕から逃げられるかな……？」
なにかのアニメの台詞だろうか。
芝居がかったような、アニメ声が痛い。

『あれだ。クラスでハンパに浮くヤツいるだろ。みんな居場所を探してぼっちなんだよ』

前言ってた青山くんの言葉を思い出す。
なるほど。今、猛烈に痛感してるわ。
この人、イケメンだけど。
クラスで超浮いてそう。

「僕はこう見えても、切れたら何をしでかすか分からないのでね。月華一閃《げっかいっせん》の堕天使の異名も伊達じゃないのだよ……？　俺の一人称が僕になった時、乖離《かいり》した別の人格が俺を支配して……う！　……まだお前は出るな！　このお嬢さんは敵ではない……うぐっ！　くそ！　俺がこの別人格を押さえつけている内に、君は大人しくしてるんだ！　そうすれば、危害を与えることはない！　君の安全を保証する」
「きゃあああああ！　誰か――――！」
「保証するって言ってるのにー！　叫ぶとかひどいー！」
お前、二重人格設定どこいったよ。
大声で叫ぶ私の口を、あわあわとなんとか押さえようとする銀糸。
それ。絶対、大人になった時、黒歴史になると思う……。

「ちょっと邪気眼くん！　この腕離してよ！　さっきから痛い！」

「ひっどいあだ名つけるなあ！　力緩《ゆる》めるから大人しくしてよ」
「嫌!!」
素直に力を緩めてくれる銀糸。
いいひとなんだか悪いヤツなんだか分からない。
てか、バカだと思う。

ああんもう。
腕さえ自由になれたら、青山くんに電話できるのに。

『なにかあったら言えよ。これ、俺の携帯番号』

今正に。その、なんかあったら。なんですけど。

「分かった。じゃあ腕を掴《つか》まない。こうすれば痛くないよね？」
「だからって後ろから羽交い締めにするなバカ！」
「ならばどうしろと⁉」
確かにさっきより痛くないけど、後ろから抱き締められるのも相当嫌だ。
銀糸はかなりイケメンだけど、ヤンキーとオタクでかなりマイナスになっている。
嬉《うれ》しくもなんともない。
むしろ不愉快極まりない。

誰か助けてくれるって期待していたのに。
銀糸とのやり取りに緊張感がないせいだろうか。
買い物帰りのおばちゃんや、お散歩中のおじいちゃんに思い切りスルーされてしまっている。
危機的状況なのに、みんなひどい。

そうこうしている内に、目の前に大型のバイクが止まった。
ドッドッドッと。エンジン音がうるさい。
排気ガスの匂いが鼻につく。
ボディに張られた派手なステッカーに見覚えがあった。
なにより、大きすぎるシートは暴走族仕様のもので。

長い足を振り上げ、バイクから登場者が降りる。
ダークブルーのフルフェイスのメットを脱げば。
二度と会いたくないと思っていた人物。

青山蒼が、長めの金髪をかきあげて。
焦った表情でこちらへ走ってきた。

「カホ！」
「……はあ」
「てめえ！　銀糸！　カホに抱きついてんじゃねえよ！」
「なんで怒られんの俺⁉　カホちゃん見つけてあげたじゃん」
「抱きついていいとは言ってねえ！」

銀糸から私を奪い返すと、ぎゅーっと。息もできないくらいソウに抱き締められた。

「ごめんな？　怖かったか？」
むしろ。今の方が怖いんですけど。
忘れたかった、煙草と香水の匂いがする。
ああ、私また。
ソウに捕まっちゃったんだ。

「なあ。久しぶりだしキスしていい？」
「ダメに決まってるじゃない！　アホか！」
「ダメなの？　どうしても？」
なんで？　って。
子犬みたいな顔で、相変わらず悪気なく聞いてくるソウ。

こんな田舎《いなか》の町で。
しかも商店街の片隅で。
キスなんて、絶対にしたくない。
いや、場所が違ったとしても。
もう二度とソウなんかとキスしたくない。
断固拒否する。

「会えなくて淋しかったんだぜ？」
「ああそうですか」
「俺達さ、付き合ってるのにお互いの連絡先も知らないし」

それはお前の勝手な都合のいい妄想だ。
私は誰とも付き合ってなんかない。

私に向けられるソウの眼差しは真剣だ。
嘘《うそ》をついたことは、後悔してはいない。
いないけど。
あの場は、嘘をつくしかなかった。
自己弁護になってしまうけれど、私の武器は口だけだった。

でも、嘘は悪いことだ。

小さい子でも分かる悪いことを。
私はあえてやってしまった。

こんなにも一途で真っ直ぐだから。
今更ながら、罪悪感がわいてきてしまう。

謝る気なんてなかった。
けど、真っ直ぐな人間は嫌いじゃない。
真っ直ぐな心根には真っ直ぐで応えたい。
たとえそれが私の物差しで間違っていたとしても。
彼の中では、間違っていないのだから。

なので、彼の真剣さに免じて。
ここは折れることにした。

まさか、ここまで想われるなんて思わなかったから。
こういうのは、早めの方がいい。
後になって嘘だったと聞かされるより。
傷が深くなる前に。
私が今、彼を傷つけた方が。傷は浅くて済むだろう。

本当は、嘘のまま逃げ続けたい。
誰かを傷つけるのは、怖いし哀しい。
けど、嘘をついたのは本当のことで。
たとえどんな理由があるにせよ、「嘘」は「嘘」だ。
悪いことだ。

だから、私の正義に則《のっと》って。
はっきり告げる。
罵倒《ばとう》覚悟で。
唇を噛《か》み締め、拳《こぶし》を握る。

ああやだなあ。
自分の非を口にするのは。
でも、言わなければ。
このまま、堂々巡りだ。

だから、自分を律して。
今度はちゃんと言葉に責任を持って。
ソウの真っ直ぐな瞳に負けないくらい、真っ直ぐに、強く。

見つめ返す。

「付き合ってるって、本当に信じてるの？」
「え？」
「笑っちゃう。あんな嘘、マジで信じるなんてバカじゃないの」
あえて、乱暴な。吐き捨てるみたいな口調で突き放す。
目は、逸らさない。
逸らしたら、ダメ。ソウの為にも。
ここで分からせなければ、お互いにとってよくない。
だから、私が逃げたり怖気づいたらいけないんだ。

「え、なんで……？」
頭の中でシミュレーションしたはずなのに。
思い浮かべていたソウの傷つくだろう表情と。
目の前で、私に見せているソウの表情は。
予想以上に乖離していて、戸惑う。

綺麗な顔が、嘘の痛みに歪《ゆが》んでいる。
青い空が泣き出す前みたい。
暗い曇天になるそんな。

やめて。
その表情。
負けちゃいそう。

私の方が、泣きそうだ。
謝ってしまいそうだ。

許して。ごめんね。
傷つけて、ごめんなさい。
痛いよね。苦しいよね。

そんな自分を、ありったけの力で心の奥に閉じ込める。

私も。
大事な人に嘘をつかれたことがあるから、分かるよ。
辛《つら》いよね。

でも、ひけない。
胸が苦しい。
嘘をつくって、つく方も痛いってこと。
初めて知った。

正しいことなんて規律は。
その国の法律や道徳観念によって違うから。
世界の理なんて曖昧だし。
けど、私の環境や、信念は。

これが間違いだって、叫んでる。

「あんたなんか、大嫌い」
「⁉」
「あんな、無理やり監禁された私の気持ちなんて分からないでしょ？　怖くて怖くて、嘘つくしか逃げる方法が見つからなかった私に、文句なんか言う権利、ないから」
「……でも、俺は！」
泣きそうなのを振り払って、それでもなお、真っ直ぐに私を見つめ続ける彼は。
見とれるくらい、カッコよかった。

「好きだから！」

やだなあ。
ほんと、やだ。
なんで？
嫌なのに。困るのに。
好意を向けられて、本当に嫌いになんてなれないよ。

中途半端な自分に自己嫌悪。
私って、甘いのかな？
傷つけて後悔するなら、初めから言わなければよかった。
覚悟、全然できてないじゃん。

「カホちゃん。ちょっとひどくない？　もっと言い方ってもんがあると思……」
流石《さすが》に、銀糸が止めに入ってきた。
そんなこと、分かってる。
言い過ぎなんてことくらい。
自分でも、一番きつい言葉選んでるんだもん。
言わないでよ。
痛いなあ。ざくざくざくざく。
心が切り裂かれていく。
けどきっと。
ソウはもっと痛いんだろうなあ。

恋って、する方もされる方も。痛いのか。

「私は……！」
なんて返せばいいんだろう。
なんて返せば、一番ひどい人間になれるのかな。
ひどい人間になんかなりたくないよ。
もう傷つけるのはやだよ。

私はこうやって、自分にも嘘をつくんだ。

私がもっと頭がよかったら、嘘をつかずにあの時切り抜けられたのかな？
もっといい方法があったのかな？
勉強ばかりやってたくせに。

こんな時、学校の授業は役に立たない。

「銀糸！　いい！　やめろ！」
「なんでだよ！　こんなさあ。一方的にさあ」
「俺、なんか間違ってたのかも」
「へ？」
「カホ。カホは、俺と付き合ってる気、なかったんだよな？」
泣き出しそうなくせに、頑張って冷静になろうとしているソウ。
そんなね。無理して大人の顔なんかしないでよ。またずきんと胸が痛んだ。

君は、少年らしく。そのままの表情が似合うんだね。

青山くんと、違う。
同じ青山なのに、彼は大人の表情が似合っていた。

ぎゅっと、取り出した携帯を握り締める。
さっきまで青山くんを呼ぼうと思っていたのに。
ソウの泣きそうな顔を見つめていたら、そんな気はどこかに行ってしまった。

「……うん」
もうソウの顔を見ていられない。
けど、逸らさずしっかりと首を縦に振った。

「そっか。悪かったな」
「え？」
「行こう。銀糸」
「ちょっと。ソウー！」
あっけないほどに。
きつく抱き締められていた手が離れた。
それが、心許なくて。
ふらりとよろける。

「あの！」
自分でもよく分からない。
やり場のない想いが、胸を軋ませる。
痛い痛いって悲鳴を上げるから。
私は、こんな痛み。初体験で。
この傷を与えた張本人は、確定でソウだから。
つい。呼び止めてしまった。

「なんだ？」
振り返ったソウは。
泣き顔なんか何処かに行ってしまったようで。
無表情で私を見ている。
元々、整った容貌をしているから。
そうやって改めて見ると、やっぱり青山くんにそっくりだ。

「なんでもない……」
「なんでもないってことないでしょ⁉　なにかあるからソウのこと呼び止めたんだろ？」
「銀糸、黙れ」
「だって……」
不満げな銀糸を制して、今度こそソウは去ってしまう。

バイクに跨がり、後ろのシートに銀糸を乗せて。
私の大嫌いな、あのバイク特有の爆音を立て。
すごい速さでいなくなってしまった。

言いたかった想い。
形にできない言葉。
それが淀んだ空気みたい。
私の中で逆巻いて渦になる。

どうしていいか分からなくて。
どうしようもなくて。
指先が、覚えたてのナンバーを携帯に打ち込んだ。

『もしもし？』
数コール後、繋《つな》がった声は。
電話越しに聞くと、ソウに似ていて身体が震える。

確か、電話の声って。

一番その人に近い音質を導き出すらしいから。
私は、彼越しに。ソウの声を聞いているのかもしれない。

自覚しながら、他人をあんなに傷つけたこと。初めてだったから。
罪悪感で泣きそうになるけれど。
虫がよすぎるし。
泣く権利なんかないって、自分でもよく分かってる。

「青山くん……私、どうしよう！」
『泉？　なんかあったのか？　ソウ絡みだよな？』
「うん……うん……」
涙声になったけど、涙は零《こぼ》れていないから。大丈夫。
震える声を、嗚咽をこらえて。
必死で携帯の向こうの青山くんに縋り付く。

「私、ソウを、傷つけちゃった……どうしよう」
『落ち着け。なにがあった？』
「付き合ってないって、はっきり言わなきゃって、思ったら。ひどい言葉、たくさん言っちゃって。私、性格悪いから、割り切ってたつもりなんだけど……ソウが、あんな顔するなんて思わなくて」
いや。思ってた。
思ってたのに、結果。
ソウの哀《かな》しい顔を実際見たら、怖気づいたんだ。

私は、悪党にもなれないし。
かといって、いいひとにもなれない。
どっちつかずの、最低人間だ。

『泉……』
「……はい」
呼吸する、息が。自分で分かるくらい熱い。
罵《ののし》られるって、思ったから。身体を硬くさせる。
傷つけばいいのに。傷つかなきゃいけないのに。
もうこれ以上傷つきたくないよって、身体が心が拒否をする。
ほんと私って、最悪だ。
結局、誰を傷つけても。自分が一番可愛いんだ。
それって、私が軽蔑するタイプの人間だから。
自分で自分のことが、ますます嫌いになった。

『お前は悪くない』
ゆっくり。言い聞かせるように。
青山くんの低い落ち着いた声が。
温かい紅茶のように染み渡る。

その言葉に、ホッとして。
許されてないのに、許してもらった気がして。
ようやく、涙が溢《あふ》れた。

「そんなこと、ないんだよ……私、すごい嫌な人間なんだよ。青山くんが、知らないだけだよ」
だから。素直に、なれた。
正直に自分の非を認められた。
恐怖はもうない。
痛みを受け入れたら、その先が見れた。
それは痛いけど、しんどいけど。
さっきまでの自分よりは、好きかもしれない。

『そうか？　お前は巻き込まれただけだろ？　今回の件は全部、ソウが悪い』
「でも、私がもっと頭がよかったら、別のことができたかもしれない。ソウを傷つける必要、なかったよ。私、意地悪だから、傷つくのが見たかったんだよ!!」
『だとしても、今そうやって後悔してる泉は優しいよ』
「……青山くん」

『とても、優しいと。俺は思う』

そこからはもう、ダメだった。
涙腺が決壊して。言葉にならなかった。
「う、うえええええんっ!!　あ、青山く……ううっ！」
意味もない嗚咽を、青山くんに聞かせる形になってしまった。
申し訳ないなあ。

なにか言わないと、取り繕わないと。
そう考える度、情けない私は。
ひっきりなしにしゃくりあげた。
まるで、子供だ。
いや、まだ子供なんだ。
中学生なんて、そんなもんだ。
知っていたけど、自覚すると。
少しだけ、楽になれた。
ずるいよなあって思うけど。
これも、大人になるための練習なのかもしれない。

最後まで、声にならない声を聞いてくれた青山くんは。
私なんかより、ずっと優しくて。
そして、ずっと前に大人になっちゃったんだなあって。
なんとなく思った。

■アクアテラリウム■

まったりとしたお昼休みの廊下。
三年生は三階の校舎。
ここから見る景色が好きだった。

真冬と他愛ないお喋《しゃべ》りをしながら。
なにもない校庭を見下ろす。
雨が降りそうだからかな。
誰もいない景色。
だから、「なにもない」って表現になってしまったんだけど。
冬枯れの桜の木と、花のない花壇。
あるんだけど、ない。

それは誰かの気持ちのようだ。

「一年がぬるすぎてイラつくー」
「女テニ怖い。まふたん引退したんだから、もういいじゃん。顧問の先生がそうしてるなら仕方なくない？」
「仕方なくなんかない！　うちらの時、試合さえさせてくれなかったのに、突然方針変えてさ。レギュラーもいるんだよ？　ありえなくない」
「時代が違うんだよ……うちらなんてもうババアなんだよ」
「ババア言うな！」

なーんて。大人にすらなれてないのに。
近頃私は、思ってることを上手《うま》く言葉にできなくてもどかしい。
いや。元々かもしれない。
喋るのが、下手《へた》なんだ。
海外で活躍するのが夢なのに。
日本語すら上手にできないってどうなのよ。

空になりそうな紙パックのアップルティーを、思い切って飲み干す。

あるなら、ないにする。
あるから、未練が残るんだ。
美味《おい》しかったアップルティーは、もうない。
だから、これでいいんだ。

「あ。青山くんだ」
ぽつりと、真冬がいつものように素っ気なく口にする。
その言葉には、確かに『好き』という気持ちがあった。

背が高いせいか、なんだか猫背気味で。
制服のポケットに手を突っ込んで。
廊下の空気に溶け込むように、端っこをゆっくり歩く青山くんは。
本人の意思とは逆に、とても目立っていた。

本当は、空気そのものになりたいんだろうなあって。
見てて思う。
私も、そんな時あるから。

「青山くんだ」
また、真冬が呟《つぶや》いた。
これはあれだ。
言っておいで。声かけてくれば？
っていう。免罪符が欲しいんだ。
そしたら、真冬は青山くんと話すことができる。
いつもの私なら、直ぐに察してそうする。
けど、どういうワケか。
今日の私は、真冬が待ち侘びている言葉をあげることができない。

意地悪とかじゃない。
私も、私だって。
青山くんと話したい。
ただ、それだけだった。

あの時のお礼もまだ言えてない。
直接、本人に言いたかったから。
私は勇気がないので、きっかけを待っていたんだ。

けどそれは、青山くんに恋をしている真冬も同じで。

お礼と恋。
どちらが大切かと言えば。
友達の恋だなあと思う私は、間違っているのだろうか。
また、胸が痛い。
罪悪感で、胸が痛む。
真冬の恋を邪魔している自分に、胸が苦しい。

「…………」
途切れた言葉。
なにか言いたげな真冬の視線。
困ったような、不思議そうな顔。
ああ。分かってるんだよ真冬。
説明したいんだけど。
そうしたら、ソウのことから話さなきゃいけなくなるんだ。

私はまだ、青山くん以外。
誰にもソウとの出来事を言えないでいた。
こんな苦しい話、口にしたくないし。
けど、青山くんの前だと。酸素を補給する魚のよう。
呼吸が楽になって、話すことができた。
彼は、酸素のような男の子だ。
じゃあソウは？
ソウは、私にとって、二酸化炭素みたい。
傍《そば》にいると、苦しくなる。辛《つら》くなる。

どうしようどうしようどうしよう。
同じ言葉がグルグル回る。
焦って尚更、言葉が出なくなる。
そんな時。
こちらへ近づいて来た青山くんが。

私を見つけてくれた。

「よう」
慣れたのか、なんなのか。
ニカッと。
笑ってくれたから。
私は息苦しさから解放された。
そう。彼は酸素だ。

「あ」
批判めいた真冬の声。
小さい声だったけど、私にだけ届いた音は。
また、きゅうと。私の心を締め付けて。
呼吸困難になる。

「青山くん、あの……」
「あれから、大丈夫か？」
「うん」
「そうか。ならよかった」

「うん」
「じゃあな」
「……うん」
うん。しか言えない自分に、腹が立つ。
どうして、ありがとうが言えないのか。

私が困っているのが分かったんだろう。
青山くんは、小さくクスッと笑うと。
私達の前から立ち去ろうとした。

「なに？　なになに？　どうしたの？　なにがあったの？」
真冬がわざと茶化すように明るい声で聞いてきた。

「青山！　この子と何かあったの？　大丈夫ってなに？　友達として心配なんだけど！」
真冬が気になるのも分かる。
それは止めようがないことだ。
けど、ワガママだけど。聞いて欲しくなかったな。
このまま、見過ごして欲しかった。

「まあ。色々な」
少しだけ立ち止まって、再び歩き始めた青山くんを。
流石《さすが》の真冬も引き止めることができなかった。
そうなったら、結果はもう見えていて。

「ねえ。青山くんと、なにがあったの？」
深刻そうな低い声で、真冬は私に尋ねるしかないんだ。

□ □ □

「えー！　それは大変だったね！　てかヤバすぎるじゃん！」
放課後。
本当は図書館で勉強したかったけれど。
公園のベンチで真冬とお喋りすることにした。
隠していても仕方のないことだし。
真冬の好きな人との間にあったことを隠すと。
もう友達でいられない気がして。
まだ話す決心がつかなかったけれど。
癒えない傷を覆う絆創膏を剥がす思いで、真冬に全てを話した。

「うん……。しんどすぎて言えなかったの。ごめんね」
「なによ。もっと早く話してくれれば力になれたかもしれないのに」

「ごめん。嫌なことすぎて、どうしていいか分からなくて。
辛いことって、話すのも嫌になるんだね。初めて知ったよ」
「そっかー。そうかもしれないね」
本当に分かってるのかなあ。
私に同意しながら、ホットの缶コーヒーを口にする真冬を横目で見ながら、私も缶のホットココアを一口飲んだ。

ココアの白い湯気が、私の溜め息を具現化したみたい。
かじかむ手をそっと缶にひっつけた。
ちょっとだけ、熱い。

「私、ソウのこと知ってるよ。青山に似た顔してない？」
「え？　真冬ちゃん、それホント？」
「うん。友達が元カノだった」
「…………」
「すごい女癖《おんなぐせ》悪くて有名だもん。言いたくないけど、……
青山もそうだよ」
「青山くんが⁉」
「うん。彼女とっかえひっかえしてるって」
「え……」
そうは見えないんだけど。
ショックで、ココアを落としそうになる。
でも、これも偏見なのかもしれない。

青山くんは、怖い。

けどこれは噂《うわさ》だった。
本当は、怖いのかもしれない。みんなには、怖いって見えているのかもしれない。
だから、怖いのも正解で。
けど、みんなの正解と私の正解は違った。

私は、青山くんを怖いとは思わない。

「それでもいいから、青山が彼氏になってくれないかなあ」
「真冬」
「だって、好きなんだもん。大好きなんだもん。隣にいたいんだもん」
「…………」

『……でも、俺は！　好きだから！』

真冬の言葉に、あの日のソウの言葉が重なる。
親以外の誰かに、あんなにも好意を持たれたこと、初めてだったから。
嬉《うれ》しい反面、戸惑いもあったし。
なにより、ソウが大嫌いな暴走族であることが。
彼の存在を拒絶させた。

もっと、違う形で。
例えばソウが、ごく普通のクラスメイトだったら。

結果はもっと別のものになっていたかもしれない。

もしも、とか。
たらればの過程なんか考えたって、進展なんか望めないのに。
気を抜くと、ソウのことばかり考えてしまう。
人を傷つけてしまった罪悪感で、押し潰《つぶ》されそうになる。

「でもさ。これでカホも大人だよね」
「なにが？」
「だって、キスしたんでしょ？」
ズキン、と胸が痛む。
これは、場を和ませようとして言ってるの？
私、そこに触れて欲しくないな。

「それって、大人になれること？」
「普通からしたら大人なんじゃない？　してる子いるし。けっこうさ、みんな黙ってるけど、やってる子はやってるんじゃないかな？」
「やめてよ！　そんなの人それぞれだし。真冬、雑誌とかテレビに感化されすぎだよ。実際、してない子の方が多いの、分かってるでしょ？」
「でも、私は青山ならできるよ。キスも、それ以上も」
「⁉」
「恋愛に、早いも遅いもないんじゃないかなあ」

「私は、早すぎると思う。責任持てないのに、そういうことするのおかしいと思う」
「カホはね。優等生だから」
「違う。じゃあさ。もし、そういうことになって、取り返しのつかない事態になったら、一人でどうにかできるの？」
「その時は親を頼るよ」
「だから、そこ。おかしいでしょ？　責任取れてないじゃない。責任って自分が取るものなんだよ？」
「だって私、まだ子供だし」
「子供って分かってるなら、やっぱダメだよ！」
「なんかさ……カホ。変わったよね。自分だけ、そういう体験したから？」
「え？」
「ごめん。私、聞いてて羨ましいって思ったから。カホは大変だっただろうけど、私なら、そんなことされたら、すごく嬉しい」
いいなあって。
羨ましがる真冬の考えが、分からない。
友達だから、大体考えてること読めるし。
だからこそ、一緒にいて楽だなあ。って。
真冬のこと思ってたけど。
今は、全然。なに考えてるか、理解できない。

私は、怖かった。嫌だった。

「正直、自慢？　って思っちゃった」
駄目押しみたいに。
真冬が思っていたことを、勢いで口にした。
笑いながら言ったら、誤魔化《ごまか》せるだろって感じで。
そんなワケないじゃん。

心についた傷が疼く。
また、痛い痛いって私に訴える。

「帰る」
「うわ。カホ、怒ったの？　冗談だって」
「冗談、だったんだ」
「そうだよ！　冗談だよ」
「分かった」
傍《かたわ》らの鞄《かばん》を持って立ち上がったら、あの日閉じ込められた時みたい。
真っ赤な夕焼け空が、目に痛かった。

「私、本屋寄るから」
「そうなんだ。じゃあね。あ！　カホ、銀糸とも仲良くなったんでしょ？」
「え？」
「私、銀糸もいいなあって思ってたから。機会があったら会わせてね！　ばいばい」
頭の中が、解けない問題で飽和状態になる。

難しい数学のテストのよう。
どうして。なんで？　真冬は青山くんのことが好きなんでしょ？
それなのに、銀糸のことも好きなの？
それって、どういうこと？
人って、同時に同じ人間を好きになれるの？

恋愛経験のない私にとって。
真冬の考えは理解し難くて。
それが大人の考えって言うなら。
キスした経験のある私よりも、真冬の方がずっと大人だと思う。

■綺麗な水をください■

本屋に寄るなんて嘘《うそ》だ。
これ以上、真冬と一緒にいたくなかったから。
逃げる口実にしただけだ。
口実、嘘。
最近の私は、嘘に敏感だ。
数えきれないほど、気がつけば嘘をついている。

ココアはもう冷えきっていて。
もったいなあと、最後まで飲んだら。
思ったより冷たくなっていて。
余計に身体が冷えてしまった。
まだ五時過ぎだというのに、日はもう暮れてしまって。
気の早い星が姿を現していた。

群青色の空に、ラメみたいな星達。
フェルトに透明ビーズを糸でとめたみたいな空って、可愛い。
そういえば、ソウを警戒して即帰宅してたから。
こんな遅くまで外にいるの久しぶりだな。

「寒……」
冷たくなったアルミ缶をゴミ箱に捨てて。
いつもより遠くなった家路を目指す。

この公園は、真冬の家から近い。
住宅地じゃないせいか、子供の姿もないし。
公園なのに、いつも余り人がいない。
だからこそ、秘密の話をする場所にと選んだんだけど。
わざわざ来なきゃよかった。
真冬に、ソウのこと。話さなければよかった。

はあと。本物の溜め息を吐いて。
真冬とは反対側の南の出口から公園を出ようとしたら。

「おい。あんた、ソウの彼女だろ？」
前方から歩いて来た、見知らぬ二人組の男子に。突然声をかけられた。

「え……違います」
「泉花穂だろ？　なんで隠すのー？」
「人違いです！」
「その制服、東三中でしょ？　バレバレだよー。それにアンタ可愛いから直ぐに顔覚えたし。ソウの野郎が写メ見せびらかすからさあ。アイツまじでうざすぎ！」
「ソウの自慢、ヤバかったよなあ」
「ああ。うぜーうぜー。うざすぎちゃん！」
写メ？
いつの間に撮られてたんだろう。
ソウのヤツ……。

「あのさあ。俺ら、アンタ見つけたらソウに連絡しろって言われてんの」
「ソウの家、金持ちだから、けっこうもらえるんだよね。ン万円」
「つかさ。お前、そんな金もらっても、すぐパチで溶かすだろ？　もったいねー」
「うっせーぞ西川！」
「それだったら、この子もらっちゃおうよ。どうせ、ソウの女なんだろ。俺ら手ェ出しても大丈夫でしょ」
「まーなー。でも金も欲しいんだわ」
「じゃあ銀糸に相談すっか。金もらって、ついでにこの子やってもいいか聞いてみるわ。あいつならゆるいし」
「銀糸ってソウの犬みてえな野郎だろ？　ならなんとかなりそうだな」
「んじゃ電話するわ」
なに？
日本語なんだろうけど。
全然理解できない。
なにを言っているのコイツらは。
私の中の、世間の価値観とか、概念とか。
この人達を目の前にすると、無意味なんだなって思えてきた。

ひとつだけ、分かることは。

早くここから逃げなければ、大変なことになってしまう。
それだけは、理解できた。

なのに。
膝がガクガクして、上手《うま》く歩けない。
追いかけられる夢でありがちな、走ってるつもりなのに思い通りに足が動かない。あんな感じ。
人通りがない公園なのが災いした。
ここって、こういうヤツらの溜まり場になってたんだ。
迂闊だった。
どうして気づかなかったんだろう。
ソウに出会ってから、空回りばかりしている。

「あー。もしもし銀糸？　泉花穂いたぜ？」
普通の会話より、電話の方が声が大きくなるタイプらしい。
地に響くような野太い不快な声だ。
男一って、感じがめちゃくちゃして。
こういう声って怖いし。びくってなる。
ソウに閉じ込められた時とまた違う。
不安と恐怖、それから生理的嫌悪感。
そして、絶望。

「は？　ソウもいんの？　んじゃ代わって」
携帯を左手から右手に男が持ち替えた隙に、逃げ出そうとしたら。あっさり腕を掴《つか》まれた。

「こーらー。まだ電話の最中でしょお？　逃げんなよ」
電話をしている方と別な男が、吸っていた煙草を地面にぶっと吐き捨て、私の左腕を捻《ひね》りあげた。

「痛いっ!!」
「ごめんねー。痛くしたから痛いよねー」
「痛いっ、痛い！　離してよ！」
「うるせえな。ほらよ！　離してやるよ」
「！」
ドンッと。
物でも扱うみたい。
平気で地面に突き飛ばされた。
腕の痛みと、倒れた痛みで。思考が止まる。
膝を擦りむいたのかな。
冷えた肌に生温《なまぬる》い液体の感覚が足から伝わる。
少し遅れて、傷が痛みだしたけど。
どうってことなかった。
こいつらに与えられている恐怖が、私の神経を麻痺させた。

けど。沸々と。
私の中で何か熱いものがわいてきた。
これは、怒りだ。
こんな最低なヤツらに。
負けたくない。なにされてもいい。

心だけは、屈服したくない！

「だーかーらー。金持ってこいってば！　そうだよ。約束の金だよ‼　コイツ、お前の彼女なんだろ？　見つけたらくれるっつったじゃん！」
「彼女じゃない!!!」
「は⁉」
二本の足で、地面から立ち上がる。
確かに、男だし、力は強いけど。
身長は私と同じくらいだから。
男が持っている携帯を必死で掴んで、電話の向こうのソウに聞こえるように叫んだ。

「お金も持ってこなくていい!!!」
「おま、なに言ってんだこの女！」
「私とアンタは赤の他人なんだから!!!!」
お腹から精一杯声を出して叫んだら、口の中に血の味が広がった。
この言葉、ソウに届いたかな。
お金とか彼女だとか。誰かの女とか。
バカみたい。
お金は、仕事をして手に入れるもの。
女の子は、恋愛をして結ばれるもの。
少なくとも、私はそう。親に教えられた。

「このクソ女!!」
あ。って。
スローモーションみたい。
携帯を持った男の拳《こぶし》が、私の頬を打った。

避けなきゃとか、そう思う前に。
もう体に当たっていて。
痛みより衝撃が先にきた。
そして、再び硬いコンクリートに体を打ち付けた。

「……ぐっ」
痛いって。言える方が、まだ大丈夫なのかも。
まず呼吸ができない。
そして、堪え難い痛みが全身を駆け巡った。

私は、誰からも暴力を受けたことないし。
痛みよりもショックの方が大きかった。
なんの躊躇《ためら》いもなく、人に暴力をふるえるコイツらが。
同じ人間とは思えなかった。

怒りが私を支配する。
怒りで目の前が真っ赤に染まる。

「このクズ!!」
「なんだあ!?」

「世の中にはいらない人間なんかいないって言うけど、私はそうは思わない！　あんた達なんか、いらない!!　生きてる価値もない!!!」
「はあ!?　調子こいてんじゃねえぞ女!!」
大声で威嚇《いかく》して脅そうとしてるけど、怯まない。
怖くて、もう既に泣いてしまっているけれど。負けたくない。
私は、声に出して叫ぶ。
どうなったっていい。
されるがまま、やられ放題のままは、もうたくさんだ。
あの爆音の夜から。
ずっとずっと、耐えて耐えて耐えて……。
それが一気に爆発した。

「私になにしてもいいけど。警察行くから！　泣き寝入りなんか、絶対にしないから!!　バーカ!!!」
「この、調子こいてんじゃねえぞ!!」
「それしか言えないの？　それとも、大事なことだから二回言ったの？　うける。他に言うことないワケ？」
「おああああああ！　うわああああああ!!」
語彙力がつきたのか。
意味不明な言葉で、男がのしかかってきた。

「お前なんかあ！　お前みたいなんかああああ！　俺らがああああ!!」

何かほざいてるけど、解読不能。
さっきまで炎のように熱かったけど、絶対零度《ぜったいれいど》みたい。
きんと冷える。
妙に頭が冴えた。

うーん。
これって運が悪いと殺されちゃうかもね。
仕方ないか。
そう仕向けたのは、私だし。
私、死んじゃうのかな。
まあ。どっちでもいいか。
ママ、パパ。ごめん。
気の強い性格を直しなさいって、よく怒られたよね。
ごめんなさい。最後まで直せなかった。

でも、私。これでいいって思ってるよ。
間違ってるかもしれないけど、私。
自分に嘘《うそ》、つかなかったから。

足とかお腹とか、蹴られたり殴られたりした。
人生なんてこんなもん。
小説や漫画みたいに助けなんか入らない。
だから、鞄《かばん》につけておいた防犯ブザーのボタンを押した。

ビ――――――――――ッ!!!
けたたましい音が、辺りに響き渡る。

「うわっ⁉」
突然の大音量に男達が怯む。

「この防犯ブザー。最寄りの警察署に直接通知が行くから。直ぐに警察来るからね」
「く、くそっ！」
「覚えてろよ‼」
世の中、怖いものなしみたいな顔してさ。
結局、「警察」が怖いのか。
ほんと、バカだ。
そのバカにボコられた私はじゃあなに？　って考えたら、笑うしかないんだけど。

「バカだなあ。そんな高性能な防犯グッズ、あるわけないじゃん……」
探せばあるのかもしれないけど。
私の防犯ブザーは普通に雑貨屋で買ったものだ。
そんな機能はない。
咄嗟《とっさ》に思いついた出任せだ。
出任せも、嘘の種類になるよね。

でも、自分の心の。芯《しん》の部分に嘘をつかなかったから。

体は痛かったけど、満足だ。

アイツらはいなくなったけど。
体が痛すぎて、立ち上がる気になれない。
芝生の上、無様に横たわる私。
冬に近くなって、空気が冷えたせいなのかな。
とても清涼で。
見上げた夜空が澄んで見えた。

ふと、青山くんを思い出した。
綺麗な空気。
それを、肺いっぱい吸い込んだら。
胸の辺りにぴりっとした痛みが走った。
ああこれ、折れてる？　のかなあ。
ちょっとよく分かんないな。
でも、折れてたら、もっと痛いはずだよね。
ヒビとか、打撲程度ならいいんだけど。

こんな怪我だらけの私を見たら、ママは卒倒してしまいそうだ。
けど、時間が経つにつれ痛みは増して。
とてもじゃないけど、歩く元気がない。

仕方ない。
携帯で、ママを呼んで迎えに来てもらおう。

起き上がりたくないと嫌がる体を叱咤《しった》して、上半身を起こし。
携帯を取り出した時。

「おい！　大丈夫か⁉」
って。青山くんの声がした。

「青山くん⁉」
もしかして、来てくれた？
あの低い声が、嬉《うれ》しくて。
体は痛かったけど、暗闇の中。目を凝らしたら。

そこには、ソウが立っていた。

そっか。
ソウと青山くん、声が似てるんだった。
声だけじゃない。顔も似てる。
だから、余計に落胆する。
光を見つけたのに、見失ったような気分だ。

「おい！　怪我してるのか？」
「…………」
「おいってば！　黙ってちゃ分かんねえだろうが‼」
ソウが私に駆け寄ってくる。

「……触らないで」
誰のせいで、こんな目に遭ったと思ってるの？
思わず、非難しそうになった言葉をなんとか飲み込む。
そんなこと言ったら、また傷つけてしまう。

「お前……あちこち怪我してるじゃねえか！　直ぐに病院行くぞ!!　あっちにバイク停めてあるから!!」
「いい。無免許なんでしょ？　乗りたくない」
「言ってる場合かよ！」
「うるさいなあ！　あんたじゃなくて、青山くんかと思ったのに!!」
「……え？　青山？」
「青山。青山彰吾。ソウの身内なんでしょ？」
「ショウゴは、異母兄弟だけど……なんで、ショウゴ？」
「関係ないでしょ」
「関係ある！　なに？　ショウゴのことが好きなの？」
「なんで全部恋愛に直結するの？　バカじゃないの？」
大声を出したら、喉が痛んだ。
唇も切れているらしく、ビリッとした痛みに閉口する。

「とにかく、消えて」
「……カホ」
「あなたの顔も見たくないし、声も聞きたくないの」
しんどい。

青山くんだと思ったから、元気が出たんだ。
なけなしの気力を使い果たした私に、もう力は残っていない。
早く、ママを呼ばないと……。

「嫌だ！」
強い意志を持って。
あの真っ直ぐな眼差しで。
ソウは、私を抱え上げた。

「え⁉　ちょ、ちょっと！　降ろしなさいよ！」
「病院、連れてく」
「はあ？」
「バイク乗るの嫌なんだろ？　じゃあ、徒歩なら問題ないだろ」
「徒歩って……病院までどれくらいの距離あるか知ってて言ってんの？」
「知ってる」
ここから大きな病院まで２キロはある。
運良く個人病院を見つけたとしても、相当歩くことになるはずだ。

「バカじゃないの？　あんたって本当にバカ‼　私抱えたままで歩けるわけないじゃん！」
「歩ける」

「いいよ。親呼ぶし」
「親。手当てされてから呼ぶ方が、よくね？　あんたの顔ひどいことに、なってる……」
「……あ」
「全部、俺のせいだ。ほんと、ごめん……」
私を抱えたまま、公園の前の大通りを歩くソウ。
時々、行き交う車が。
ソウの綺麗な横顔をライトで照らしていく。
その顔は、前みたいな泣き顔じゃなくて。
決意したみたい。
覚悟を決めた、男の子の顔だった。
だから、もう。
軽口すら言えなくなる。

けど、私を抱えて歩くって。
かなり辛《つら》いと思うんだけど。
コイツのせいでひどい思いをしたのに。
なんだか申し訳なくなってくる。

「ね、ねえ。タクシー拾えないかな」
「金がない」
実は私もないんだな。
タクシーって、すごく高いイメージがあるし。
病院までお願いしたら、軽く千円は超えるだろう。
お金って、後から払うことできるのかな。

救急車を呼ぶほどではないし。
命に関わる怪我ではないから、悩む所だ。

流石《さすが》に、抱え上げられた格好じゃ目立つし。
恥ずかしいと抗議したら、背負われてしまった。
これはこれで、恥ずかしいんだけど。
まあ、お姫様抱っこよりはマシか。

「……ねえ。ソウ」
「うん？」
大きな背中。
聞こえる鼓動。
人肌の温《ぬく》もり。
それらが、私の警戒心を少しだけ緩《ゆる》めたんだと思う。

「嘘ついて、ごめんね」
「なんでカホが謝るの？」
「私、付き合うってソウに嘘ついたから……」
思い切り殴られたからかなあ。
恐怖を、体全部で感じたせいかもしれない。
さっきのヤツらと比べたら、ソウのことが平気になってきた。
会う度に、ソウとは零《ゼロ》距離だ。
いつもいつも、ぎゅうっと抱き締められる。

「私、あなたのこと。なんにも知らない」
「そうか？」
「うん」
「なにも知らないのにさ。なんでこんなことになってるんだろう。……あはは！　なんかもう、笑えてくるんだけど」
「そこ、笑うとこか？　こんな怪我して、怖かっただろ？」
「怖かったよ……でも、毎晩毎晩怖い思いしてる方が怖いよ」
「毎晩？」
「暴走族の音。あの音、うるさくて大嫌い。すごく怖い」
「…………」
ソウの体が少しだけ震えた。きっと、また。私の言葉で傷ついてるんだろうな。
顔が見えなくて、よかった。
私は、ソウの傷ついた顔が嫌いなくせに。
こうやって、傷つけることを言ってしまう。
本当に、バカだなあ。
私なんかを好きになって。
彼にとって、暴走族を毛嫌いしている私は。
一番傷つけられる存在に違いない。
好きな人から、傷つく言葉をぶつけられるのって。
きっと、たまらなく痛いだろう。

「ねえ。暴走族って、楽しい？」
「……楽しい」

「そっか」
私を背負い直すソウの力は強くて、離す気が微塵《みじん》も感じられない。
それが、おかしくて。
哀《かな》しくて、なんだか笑えてきてしまう。
多分ね。笑うしかないんだと思う。
哀しいのに笑うって。初めての感覚だ。
ソウといると、初めてのことがたくさんで。
戸惑ってばかりだ。

「俺には、あそこしか居場所がねえから。楽しい」
「居場所？」
「俺、中１の時、母親亡くしたんだ。病気で。元々、体弱くて」
「…………」
「したら、親父が。別宅で愛人やってたショウゴのお母さん連れてきて。俺は本家から出たんだ」
「なにそれ⁉　ひどい！」
「いやあ。当然だって思ったよ。前の奥さん、俺の母さんが来たから追い出されてさ。だから、とうとう回ってきたんだって。うちの親父、あちこちに愛人たくさんいたし。ショウゴから聞いてない？　親父がヤクザだって」
「…………」
やっぱり、あの噂《うわさ》は本当だったんだ。
それでも、青山くんを怖いという感情はわいてはこなかった。

「お母さん、いなくなったら……淋《さび》しいよね」
「ああ」
ママがいなくなるなんて。
考えただけで、泣きそうになる。
おはよう、いってらっしゃい。おやすみ。
当たり前だって思っていた、ママの声がもう聞けなくなるなんて。想像できないし。
まるで世界の終わりみたいだ。

「青山くんのこと、恨《うら》んでたりしないの？」
「全然。むしろ、めっちゃ仲いいよ。ショウゴと同じ年なの、俺と後もう一人の三人だし」
「って、ことは。他にも愛人の子供が何人もいるってこと？」
「そうだけど？」
「青山くんのお父さん、女好きなんだね。嫌じゃないの？」
「まあなあ。そういう人だし、そんな家族の中にいたから、当たり前に感じてるし分かんねえわ」
「そうなの？」
「でも」
軽快な足取りだったソウが、少しだけ立ち止まった。

「母さんが死んだ時は、親父のこと、嫌いになりそうだった」

ぽつり、と。それだけ呟《つぶや》くと。
再び同じリズムで夜道をひた歩く。

「俺はさ。絶対に、好きになった子だけ。一生ずっと好きでいるんだって。あの時決めたんだ」
「嘘《うそ》つき。あんたが女癖《おんなぐせ》悪いって噂、聞いたよ」
真冬の言葉を思い出す。

『すごい女癖悪くて有名だもん。言いたくないけど、……青山もそうだよ』

思い出したら、なんだかじくりと胸が苦しくなってきた。

「なにその噂？　俺、別に女癖悪かねーし」
「だって、元カノいたんでしょ？」
「いたけど、いたら悪いのか？　俺、キチンとけじめつけて別れてるし、浮気だってしたことねえよ。誰だよそんなこと言ってんの！　俺のこと、知りもしねえくせに。ムカつく」
「…………」
ソウは、本気で怒っている。
顔を見なくても、伝わってきた。
そっか。この人は、真っ直ぐな性格だった。

見てもないのに、噂を信じるなんて。
自分のことが、恥ずかしくなってきた。

「ごめん……」
「なんで謝るの？」
「私、あなたのこと、偏見の目で見てることたくさんだから……」
「そうなの？　じゃあ、俺のことちゃんと知ってよ」
「……ん」
背の高いソウに背負われながら、いつもよりほんの少し近くなった夜空を見上げた。
今夜は、三日月で。
ほんわりと闇夜を照らしていた。
今、何時かなあ。
ママ、心配してるだろうなあ。
けど、やはりソウが言ったみたいに、手当てしてから連絡した方がいいよね。

「暴走族に入ったのもさ。淋しかったからかもしれない」
「え？」
「俺んち、そっち関係だから。ヤバイ連中を統率してたんだよね。だから、繋《つな》がりあったし。同じ境遇のヤツらがいっぱいいたから。あんなでもさ。けっこう優しいヤツが多いんだぜ？　家族以上に、チームのこと大事にしてたり、友達のためだったら命かけて守ったり」

「よく、分かんない……」
「んー。俺にとって、暴走族のヤツらは家族なんだ」
「そうなの？」
「うん。こんなさ、俺なんかを。大事に思ってくれるみんながいるから。だから、俺も、仲間のみんなが大事だ」
「…………」
自分や肉親以外の他人を。
家族みたいに大切だって思えること自体、私には衝撃すぎて。
でも、そうしなきゃ。
あの頃のソウは生きていけなかったんだと思う。
お母さんも、住んでいた家も追い出されて。
豪華だけど、檻のようなマンションに押込められて。
暴走族なんか嫌いだけど、ソウのことを嫌いって気持ちが薄れてきた。

「なんだか、私には想像もできない世界だなあ」
「そうか？」
「うん。私、勉強ばかりしてきたから」
「うへえ。よく勉強なんかできるな。俺、大嫌いだわ」
「だって、夢があるもん」
「夢？」
「そう、夢。私ね、将来英語はもちろんなんだけど、色んな言葉を覚えて、色んな国の人達とお話したいの。日本にも、たくさん人はいるし素敵な文化もあるけど。それだけじゃなくて、世界にはもっともっと知らない文化や思想があるじゃない？　それにね。直接触れてみたいんだ。そしたらさ。友達、日本飛び越えて倍になるでしょ？　それって、すごいことじゃない？」
「すごい。つか、かっけー」
「ふふ。ただの夢だけどね」
「いいなあ。俺も、お前みたいな夢が欲しい」
「なら、一緒に勉強する？」
「勉強かあ。俺、高校行く気なかったし。今から追いつけるかなあ」
「無理でしょ」
「うう……」
勉強嫌いな人間が、今から勉強しても遅いと思う。
まあ、普通の偏差値の高校くらいなら受かるんじゃないかなあ。

「だからね。今すごく勉強してる。西校目指してるから、毎日遅くまで勉強してるんだ」
「……それさ。俺らのバイクの音、邪魔になってただろ？」
「ええ。それはもう」
「だよな」
なんだろう。
確かに、暴走行為は許せないんだけど。
恐怖や怒りで硬化していた私の心が、柔らかくなっていく気がした。

「今ね。青山くんと勉強で争ってるの」
「ショウゴと？」
「青山くん、すごいんだよ。成績トップなの。もちろん、私も負けてないよ。首位争いしてる」
「なにその闘争」
「いや、喧嘩じゃないから。青山くんも、西校目指してるんだと思う」
「西校？」
「知らない？　偏差値的に東大受かるくらいの高校なんだけど」
「知らない。カホはそこに入学するつもりなの？」
「受かったらね。でも、難関校だから、どうかな」
「カホなら、受かるんじゃね？」
「あはは。……ありがと」
お互いのことをぽつぽつ話していたら、ようやく病院が見えてきた。
赤いランプが光っている、緊急外来の出口でやっとソウが私を降ろしてくれた。

「ごめんね。重かったよね」
「全然。猫みたいに軽かったよ」
「そ、そう」
いや。絶対重かったはず。
真夜中にシュークリームばかり食べてたもん。

「じゃあ、行くか」
「ダメ。帰って」
「ここまで来てなんで！」
「あんたが疑われちゃうからだよ」
「え？」
「この怪我の原因。どう見ても暴行でしょ？　で、あんたの出で立ち。どっからどう見てもヤンキーだし胡散臭《うさんくさ》い」
「そっかあ？」
「黒いジャージに、ないよその金色の文字。読めないっつーの！　漢字分かってて、それ使ってんの？　キラキラネームなの⁉」
「これは！　大事な名前なの‼」
ジャージに刺繍された文字は、難しい漢字の羅列で。
暴走族特有の理解不能な言葉が、ばっちりと書かれていた。

「それにその金髪！　せめて黒髪なら、言い訳できたかもね」
「金髪、気に入ってんの！」
「まあ、似合ってるものね」
「え？」

「最初。その金髪、怖かったけど。あんたカッコイイし、色素薄いから。綺麗で似合ってるよ」

思わず、笑ってしまった。
まさか、こんな金髪頭を。褒める日が来るなんて。

「バイク、公園に置きっぱなしなんでしょ？　取りに行っておいでよ」
「……うん」
「無免なんだから、バイク引き摺って帰りなさいよ！」
「それは嫌だ！」
「もう！　法律守りなさいよ!!　捕まっても知らないんだから……痛っ！」
大声を出したら、やっぱり体のあちこちが痛くなった。
そろりそろりと呼吸をしないと、突き刺さるような痛みに襲われる。

「カホ」
そっと。
壊れ物を扱うみたい。
ソウが私の頬に触れた。
殴られた箇所だから、触れられると少し痛かったけど。
なんだか、このまま治ってしまいそうなくらい。
優しく触れるから、嫌じゃなかった。

「ごめんな」

またあの傷ついた顔。

もうやだなあ。
あのね。私、君の笑顔が見たいなあ。

「笑え」
「へ？」
「そしたら、許してあげる」
「な、なんで笑わなきゃいけない？」
「なんでもいいから、笑って！」
「に、にこ！」
「ぶっさ！」
「ひでえ!!」
それでも、傷ついた顔よりはずっといい。
なんだか、満足した。

「じゃあね」
「うん」
「あのな。俺、もう付き纏《まと》わないから！」
「え？」
「こんな。怖い思いも、もうさせないから。絶対。約束する」
「ソウ……？」
「それじゃ、さよなら」
さっきまでそこにいたのに。
夜が、彼をすぐにいなくならせた。

さよなら、って。
つまり、そういう「さよなら」のこと？
それとも、今日は「さよなら」ってこと？

前者だったら、少し淋しいなって思った。
自分に、また驚いてしまって。
ははって、笑ったら、また怪我が痛んで。

うっかり病院に行くのを忘れそうになってしまった。

■$SiO_2$■

「あいたた。行って来まーす」
「カホちゃん、本当に学校に行くの？　こんな時くらいお休みしても……」
「ううん。こんな怪我で休んでなんかいられないよ。もう受験間近だしね」
「うーん。じゃあママ、車で送っていくわ」
「お願いします……」
「この子は。もう」
昨日。
病院から連絡を受けて、速攻で来たママは。
傷だらけの私を見て、泣き出してしまった。
予想はしてたけど、申し訳ない気持ちでいっぱいになる。
誰にやられたの？
とか、もう色々聞かれたけど。
ソウじゃないし。
まあいいかって。そのまま警察に被害届を出した。
もしそれで、なんらかの捜査上でソウの存在が浮上したとしても。本当に悪いことをしてなきゃ捕まらないだろうし。
してた場合は、致し方ないと思う。
そのまま、罪を償ってもらおう。

悪いことは、悪いのだ。
淋《さび》しいから、なんて理由で。

誰かに迷惑をかけてはいけないって。私は思う。

□　□　□

「ちょっと！　どうしたのその傷」
言われるとは思っていたけど。
まさかここまで注目されるとは。

校門を抜けた時は、いけるか？　って思ったけど。
校内に入ったら、ジロジロみんなが見てきて。
教室の扉を開けたら、とうとう根掘り葉掘り聞かれた。

元々、そんなしゃべりーなキャラじゃないから。
少数の人に聞かれただけだけど。
それでも、理由が理由なだけに。参ってしまう。

「やだ！　ひどい怪我！　顔とかどうしたの？」
「まあ、色々あってね」
「でもでも！　膝とかすごくない？　これ、転んだとかじゃないよね」
「あはは。今度話すよ」

笑顔と曖昧な答えで、朝の時間を乗り切る。
これが、放課後まで続くのかと思うとうんざりした。
ママの休んだら？　って言葉に誘惑されそうになったけど。
一日二日休んだところで、怪我は消えてくれないだろうし。
やはり、今と変わらず質問攻めに遭うだろう。
なら、今日一日我慢すればいい。
みんな、明日になれば言ってこなくなる。
わあわあ騒ぎ立てる性格の人って、飽きっぽいのだ。基本。

お昼休みになり、美央がご飯に誘ってくれた。
「あのね。こないだ言ってたね。マシュマロのキャセロール。作ってきたから、食べて食べて」
「ほんと!?　美央すごい！　まふのレシピ分かったの？」
「分かんないよー。だから、ネットでね。調べたの。あのね、いろんなキャセロールがあって、スイートポテト下に詰めて上にマシュマロ乗せるのにしたんだけど、すっごい美味《おい》しかったよ！　だから、カホちゃんも、はい！」
美央から差し出されたケーキの箱の中には。
カッティングされたキャセロールが可愛らしく三つ並んでいた。
真っ白だったマシュマロが、こんがり狐色になっていて、とても美味しそうだ。

「うわー！　ね？　もうこれ食べちゃっていい？」

「いいよーって、言いたい所だけど。お弁当食べ終わったらにしようねえ」
ニコニコと美央が可愛く笑うから、つられて私も笑顔になる。

「あ、痛っ！」
けど、笑うとやっぱり顔の怪我に響く。
殴られた時の外側の腫れも原因なんだけど、口の中を歯で切ったみたいで。それがちょっとのことで、ピリッと痛むんだ。
肩頬をガーゼで覆っているから、顔だし、目立つのもこれが原因だと思う。

「大丈夫？」
心配した美央が声をかけてくれるけど。
あれこれ聞いたりしてこない。
ただ、私の体を心配してくれるだけだ。
有り難い。
やっぱり美央は、可愛くて、とても優しい。

「うん。ごめんね。大丈夫だよ？」
「そう？　しんどかったら、言いなね」
「実は、美央だから言うんだけど、肋骨にヒビ入ってるの……」
「ええ⁉」

「ちょっとね、耐えられると言えば耐えられるんだけど。深く呼吸したり、くしゃみをしたりすると、のたうち回るくらい痛くて困ってる」
「カホちゃん。本当に無理しないでね？　ヤバくなったら早退しな」
「うん。ありがとう」
「絶対だよ！　無理しちゃ嫌だよ」
「うん。美央のキャセロール食べたら、きっと元気出ると思うから大丈夫だよ」
泣きそうな美央に、頑張って笑顔を作って安心させる。
フルスマイルで笑うと痛くなるから、ちょっとだけ口角を上げるだけの笑みだけど。
美央に伝わったみたいで。
心配顔は相変わらずだけど、にこにこって。また笑ってくれた。

口を余り開けなくて済むように、おかずを小さくしてくれたママに感謝しながら、お弁当を完食する。

「わーい。デザートだー！」
「ふふ。あのね。あったかい紅茶いれてきたの！」
ピンク色の水筒を取り出した美央が、紙コップに紅茶を注いでくれた。

「わあああ。すごい！　いい香り」

「うん。カホちゃんと一緒にお茶したいなあって」
「えへへ。嬉《うれ》しい」
「さ、食べて食べて！」
学校なのに。
あったかい紅茶に、美味しそうなマシュマロの焼き菓子。
これって、すっごい贅沢なことなんじゃないの？
昨日、不幸のドン底にいたけど、今はとても幸せだ。

「美味しいー！　なにこれサクサクー!!」
「不思議だよね。マシュマロってふわふわなのに、焼くとサクサクになっちゃうし。しかもふわふわでもサクサクでもどっちも美味しいって。マシュマロって可愛いのにすごいー」
「美央みたいだね」
「え？　そうかな？」
「うん。美央みたいなお菓子だねえ」
それが、嬉しかったらしい美央は。
マシュマロに負けないくらい、甘い笑顔を見せてくれた。

「そうだ。これ、キャセロールのこと教えてくれたまふちゃんにも作ってきたの」
三つの内の一つは、やはり真冬に作ってきたもので。
美央が教室の別グループで昼食を食べている真冬を呼んだ。

「まふちゃーん！　ちょっといい？」

「美央ー！　どした？」
どうやら真冬もお弁当を食べ終わったみたいで、しばらくするとこちらへやってきた。

「これ。教えてもらったキャセロール。作ってきちゃった」
「えええ。美央すごい！　女子力高い!!」
「いやいやいや。食い意地がはっているのですよ」
「嬉しー！」
「よかったら、紅茶もどうぞ」
「なにこれ！　すごい！　カフェみたい」
感激している真冬を、誰も座っていない隣の椅子を借りてきて、私の隣に座らせる。

「ヤバイ！　美味しい！」
「よかったあ」
真冬の感嘆に、美央が満足そうに笑う。
この子が笑うと、ピンク色のイメージがする。
美央には、勝てないというか。
可愛すぎて、抱き締めたいってこういうことなのかな？
って、見てて思った。

ふいに。ソウのことを思い出した。

「ところでさー」
「ん？」

あらかた食べ終わった真冬が、プラスチックのフォークを私につきつけながら聞いてくる。

「その怪我、どうしたの？」
あ。そうだった。
真冬って、こういうの絶対に見逃してくれないタイプだったこと忘れてた。

「あれでしょ？　青山に関係してるんでしょ？」
美央が、息を呑むのが分かった。
可愛い笑顔が、こわばっている。

「いやあ。あはは……」
目で真冬に訴える。
あんまり、教室内で触れて欲しくない話題なんだよって。
アイコンタクトしたけど。

真冬は、分かっているのか分かっていないのか。
私の視線を無視した。

「ソウって青山の兄弟なんでしょ？」
「え、あー……」
「あの後さ。元カノに電話して聞いたんだよー」
「そっか……」
「大変だったみたいね。あんた、ソウの彼女だって、あっちで有名になっちゃってるみたいだよー」
「…………」
今日の真冬、へんだ。
こんな、意地悪な表情する子だっけ？
それとも、青山くんが絡んでるから？

「いいなあ。カホ。モテモテじゃん。その怪我も、ソウのせいでしょ？　大変だよねホント」
「いやだから、誤解だって」
「なんで？　カホはそう言うけど、ソウは彼女だって言ってるよ？」

頑張って否定するけど、口の上手《うま》い真冬に敵わない。
女の子って、好きな男の子のことになると。
こんなに攻撃的になるんだ。

教室のみんなが、真冬の言葉に耳をすませているのが分かった。
ああ。これはまずい。
明日から、学校で有名人か。
まあいいけど。
元々、私ひとりでも平気だし。
ただ騒がしくなるのは嫌だなあ。
諦めモードの私に、なおも真冬が喋《しゃべ》り続ける。

「仕方ないよね。特攻隊長の彼女だもん。それくらいで済んでむしろよかっ……」
「もう、やめようよ」
凛《りん》とした声が。真冬の言葉を遮《さえぎ》る。
いつもの、可愛くてほわほわした声じゃない。
透き通るような。神社の鈴の音みたいな。
有無を言わせない、美央の声。
美央らしくない強い口調に驚いたのか、一瞬だけ真冬が怯んだ。

「ね。もうこれくらいにして、お茶しよう」
そして、いつもの笑顔の美央に戻る。
これで何事もなく元通り。
というわけには、いかなかった。

「なんで？　話はまだ終わってないよ」
真冬の目が鋭くなる。
どうしたんだろう？
いつもの真冬はどこへいったんだろう。

多分、真冬のキャパを超えたんだ。
美央への嫉妬は、なんとか押さえ込んできた。
けど、ここにきて。
私まで青山くんに関わってしまったから。
真冬の許容範囲が限界に達してしまったんだ。

「まふちゃん！」
美央が再び窘《たしな》めようとするけど、真冬は止まらない。
むしろ、今まで我慢してた分、加速している。

「あんたもそうなんじゃない、美央」
「え？　なにが？」
「とぼけないでよ。青山のお気に入りのくせに。黙ってるけど、彼女なんでしょ」
「ええ⁉　違うよ？　どうしたの、まふちゃん？　なんでそんなこと言うの？」
「だってそうじゃん！　てか、みんな言ってるし！　美央は青山の彼女だって」
「なんで？　ショウゴは友達だよ？　彼女なんて、考えたことないよ」
「ならどうして！　彼女じゃないのにいつも一緒にいるのよ！　おかしいじゃん‼」
「それは……うちは、お母さんがいないから……、ショウゴのお母さんがとてもよくしてくれて。あの、このお菓子もね。ショウゴのお母さんに言ったら、作ってくれたの。私がレシピを調べて、作ろうって……だから。あの、お母さんみたいで、素敵だなって……私のお母さんじゃないんだけど、その……上手く言えないんだけど……」
美央が、一生懸命、つっかえつっかえ。
自分のことを真冬に伝える。

私は、気がついたら泣いていた。

そっか。美央、お母さんいないもんね。
死んじゃったんだよね。

私ね。昨日、死んでもいいって思った。
蹴られたり殴られてる時、もういいやって。
でも、ママが病院に来てくれて。
ママの顔を見た時。ママに抱きついて、わんわん泣いたんだ。
生きててよかった。死んだらダメなんだって。
会いたいって。
ママに会いたいって。やっぱり、思ってしまった。

でも、この想いは。
ひとにそうそう言えるものじゃないし。
自分の大事な部分に、優しくて柔らかい場所にそっとしまっておく感情だと思う。

それを、みんなの前で美央に言わせてる真冬は。
友達だけど、友達じゃない。
ただの意地悪だし。
最低だと思う。

ぐいっと、流れる涙を制服の袖で拭《ぬぐ》って。
真冬と対峙する。

「もういい。美央、行こう」
「カホちゃん……？」
「真冬。あんた、最低」
「はあ？」
「もう友達やめるわ。じゃあね」
「カホ！　あんた、私に逆らったら、どうなるか分かってるの？　このクラスでやっていけると思ってるの？」
「思ってるよ？　それがなに？　真冬は神様かなにかなの？　この教室を支配してるとか思い込んでる厨二病のひとなの？」
「わ、私、女子のリーダーだし！」
「そう思ってる人、手を上げて」
淡々とした口調で、ギャラリーのみんなに呼びかけたら。
誰も、手を上げなかった。
だよね。
だって、みんな美央のこと好きだもん。
真冬も人気あるけど、美央のお母さんのこととか。
あんな風に言ったら、誰も擁護しないと思う。

私はひとりでもいい。
これは本当。
意地とか張ってなくて、むしろ一人が好きだから。

でも、美央まで一人になるのはまずい。
あの子は、人の輪の中にいるのが一番いい。

「阿部《あべ》ちゃん。美央のことよろしく」
「あ。うん」
美央と仲良しの阿部さんに、泣いている美央を任せる。

「美央、悪いことなんもしてないの、知ってるよね」
「それは、もちろん分かってるよ、真冬の言いがかりってことも」
「よかった」
顔の怪我、痛かったけど。
にっこりと笑えた。

「で、でも、カホのことも。みんな悪いなんて思ってないよ？」
「ああ、私？　私はなんて思われてもいいんだよ」
「カホちゃん！　あの、また明日、ご飯食べようね」
「あはは。美央、ありがとう」
「まふちゃんも。ご飯、また食べよう」
あんなにひどいこと言われたのに。美央はまだ真冬に声をかける。
けど、真冬は若干捻《ひね》くれてるから。
美央をシカトして、自分のグループの中に戻っていった。

結局。
私は教室に一人ぼっちになった。
別にいいけど。
しかし、さっきの揉め事の後じゃ。
いたたまれないなあ。
みんなが、こそこそ私に視線を送っているのが痛いほど分かる。
それは、同情だったり、敵意だったり。好奇心だったり。
まあそうなるわな。

お昼休み、まだ時間残ってるし。
教室の外へ出ることにした。

廊下に出れば、やっぱり若干ギャラリーがいたのと。
その中でも、一際目立つ存在が立っていた。
青山くんだ。

「よお」
「あ……」
ちょっとだけ手をあげて、あの笑顔で話しかけられた。

「またひどくやられたなあ」
「あはは……」
「よく学校来られたな」
「怪我なんか関係ないでしょ。そんなことより、成績と出席日数と内申が大事だし」
「なるほど」
ふむ。と、青山くんがなにかしら考え込んだ後。

「お前、ちょっと今から話せるか？」
いつになく真剣な顔で、お願いされたら。
教室から逃げてきた私には断る理由もなく。

「いいよ」
「よし」
そのまま、青山くんの大きな背中を追いかけた。

■青山 彰吾■

行く先は屋上で。
空は青くどこまでも透き通っていて。
青と青のグラデーションの間。
水色よりも水らしい部分を見ていたら。
あのまま、水分として汲み取ることができたら。
とても美味《おい》しいんじゃないかって。
ぼんやり思った。

「全部、聞いた」
「ソウでしょ」
「です」
「口軽っ」
「まあ。頭はよくないな」
「でしょうね」
「けどアイツ。性格はいいよ」
「それも、知ってる。だから、悪意がない分、タチが悪いのよ」
「それな」
青山くんと、屋上で空を見ながら笑い合う。

「どうせ、さっきのも見てたんでしょ」
「一部始終全部」
「じゃあさ。止めてくれてもいいんじゃない？」

「お前さ。あれ、俺が止めに入ったら余計ややこしくなるとは思わないか？」
「だよね。意地悪で言ってみた」
「……俺、最近。お前の性格、だんだん掴《つか》めてきたわ」
「へえ。それは嬉《うれ》しいかも」
風が吹く。
冬を運ぶ冷たい風だ。
その風が青山くんの着ている制服を、髪を、さらっていく。

正直、カッコイイなと思う。

真冬が惚《ほ》れ込むのも無理はない。
あんなに熱くなるのも分かる気がする。
けど、だからって人を傷つける権利なんてない。
真冬の言ったことは最低だ。
まだ、許す気はない。
けど、真冬なら反省すると思うし。
もし、謝ってきたなら。
謝らなくても、美央への態度を改めるなら。
また友達に戻りたいと思う。

なんて、上から目線だけど。
別に、無理して友達に戻りたいってわけじゃないし。
ただ、真冬と過ごした楽しい時間を思い出したら、切なくなった。

やっぱり、好きな友達だから。

「お前、進路なんて提出した？」
「もちろん、西校に決まってるじゃない。青山くんもでしょ？」
「まあな」
「内申大丈夫なの？」
「そこな。分からん。けど、来年はまた同じ学校だな。よろしく」
「ちょっと！　受かる気満々じゃない！」
「当たり前だろ」
ふふんと笑う青山くんは、自信たっぷりで。
素行が悪いくせに、って思ったけど。
青山くんなら、難関校もあっさり突破しそうだと納得した。

「あのな」
さっきまで、和やかだったのに。
青山くんが、急に私を真っ直ぐに見つめてきた。
綺麗な顔をしているから。
彼の横顔を眺《なが》めるのが好きだった。
だから、さっきも。
喋《しゃべ》りながら、こっそり青山くんの横顔を見つめていたんだ。

けどいざ自分が見つめられる立場になると、戸惑ってしまう。
視線を、どこに向けていいか分からないから。
しょうがなく、青山くんの目を見つめた。

異母兄弟とはいえ、お父さんが同じだから。
やっぱり、二人は似ている。

ああ、ソウに似てるなあって。
昨日の夜のことを思い出した。

「こういうこと、きっとこれからもあると思う」
「こういうことって」
「お前の、その怪我の原因だ。肋骨、やられたんだろ？」
見透かされてる、と思った。
ちょっとしたことで、ビクッとなる痛みは。
一昼夜やそこらで慣れることなんてできない。

「今回は、それくらいで済んだかもしれない。けど、今度はもっとひどい目に遭うかもしれない」
「そうなんだ……」
それも仕方ないんだろうなあ。
ソウと会った時から、こうなる運命だったのかもしれない。
いや、そもそも。
暴走族が大嫌いになった時からかなあ。
ママの言った通りだ。

『なにかあったら遅いのよ？　ああいう人達はなにをしでかすか分からないんだから』

まさか、その通りになるなんて思わなかった。
美央みたいにふわふわしてる割に、ママはすごい。
いや、美央もすごい。
二人とも、芯《しん》が通っていて。可愛いのにカッコイイ。

「なあ」
「うん……」
怖いなあって、思う。
けど、昨日で覚悟は決まった。
ソウに会ったこと。後悔はしていない。
あの子には、色々教わった。
嫌なことも、たくさん。
そして、いいことも。

いい経験かって言われたら、まだそうとは言えないんだけど。
きっと、もう少し時間が経てば。
笑い話になると思う。

ただ、これからどうしようか。
まさか、SPなんかつけることなんて不可能だろうし。

自衛に気をつけて行動するしかない。
警察には昨日届けたし、家の周辺を巡回してくれるとは言ってくれたけど、心許ないし。
あー。でもまさか、親まで被害がいったりしないよね？
それは、嫌だな。
だったら、自分だけ嫌な目に遭う方がずっといい。
なにか、護身術でも習いに行こうかな。

どうしようかと、考えていたら。

「お前、俺の女になれ」

え？
青山くんの言葉にすごく驚いて、傷のことを忘れて大きくリアクションをしたら。
ヒビの入った部分に、冷たい痛みが走って。
息ができなくなった。

「いたたたた……」
「おい。大丈夫か？」
「やめてよ。ビックリするじゃない。こんな時におかしな冗談言わないでよ」
「冗談？　俺は本気だぞ」
「はあ？　……つっ！」
「おい。ゆっくり呼吸しろ。それじゃ、傷が痛むぞ」

「誰のせいよ……痛ぁ……」
痛みにしゃがみ込む私に、青山くんが馴れ馴れしくない距離で寄り添ってくれる。
今更だけど、これって。女慣れしてるってことだよね。

「なんで、急にそんなこと言うの？　青山家全員で私をからかうのが流行ってるの？」
「そんなもん流行るか。あえて言うなら、うちの家系の好みなんだろうな。お前」
「はい？」
「気が強くて、頭もよくて、おまけに美人だ」
「はあ……」
「ソウが好きになるのも、分からんでもない」
「だからって、なんで青山くんも……」
「俺か？　そうだな。単純に、お前のこと、いいなって思った。特に、今日かな」
「？」
「あの怪我で、まさか登校するとは思わなかった。正直、グッときた」
「それは、休んだらなんか負けた気がして……」
「後は、俺といたらそんな目に遭わないってことだ」
「え？」
「俺なんだよ。族の元締めは」
「ええ⁉」
驚いたら、また胸が痛くなった。

もう嫌だ。二度とこんな目に遭いたくない。

「ここの地区の統括をしているのはうちの組だ。俺は、勉強のため親父から任されてるんだけどな」
「な、なによそれ」
「お前が俺のものになったら、手の出しようがないだろ？　お前は俺の好みだし、付き合ってもいいなと思ってる。どうだ。悪くないだろ？」
ニカッと。
またあの笑顔で言われたら、絶句してしまう。
この悪気なく、怖いことを言うのは。
青山家の血だろうか。

「お断りします」
「なぜだ？」
意外そうな顔をする青山くん。
私が、うんと頷《うなず》くと思っていたらしい。

「だって、青山くんが好きなのは美央でしょ？　私じゃない」
「な……！」
「え。もしかして、バレてないとでも思ってたの⁉　あ、いたたた……」
自分の言葉に自分で驚いて痛がるなんて、まぬけだなあ。私。

でも、青山くんの驚いた顔が見れて、ちょっとざまみろって思った。
痛み分けというヤツだ。

「他に好きな人がいる男の彼女なんて嫌だよ」
「いつ俺が美央を好きだって認めた!!」
いつになく取り乱す青山くん。はいそうですって言っているようなものだ。

「見てれば分かるよ。まさか、否定する気じゃないでしょうね」
そう鋭く言えば、渋々、青山くんは白状した。

「まあ、そうだけどな」
「ほら」
「けどアイツ。顔だけだし。アホだし」
「あほ言うな」
「いや、マジでアホだろ？　あいつ、かけ算と割り算の理屈について考えると、解けなくなるんだぜ？　怖くないか……？　足すは分かるし、引くも分かるけど、かけるとか割るってなに？　って真剣に悩んでるんだぜ。ヤバイぞあれは」
「……美央の数学の点数見たことあるよ。なるほど。それであんな悲惨な点数に……」
「かけ算ができん女はちょっとな……。顔は可愛いんだけどな」
「でも、好きなんでしょ？」
「…………」
「好きって、そういうことじゃない？　理屈じゃないんだよ。きっと」
「俺には、まだ分からん」
「あれ？　青山くんって思ったより子供？」
「は？　同じ年のくせになに言ってんだ？」
「そうだった」
いつも、大人びた表情をしているから。
もう大人になったんだって。
勝手なイメージで青山くんのことを見ていた。

「俺のタイプは、お前なんだけどな」
「ありがとう。素直に嬉《うれ》しい」
こんなカッコイイ人に好きになってもらえたのは、とても嬉しい。
顔が自然に緩《ゆる》んでしまうけど、悔《くや》しいから頑張って無表情を貫く。

「本当に、いいんだな」
「押すねー。いいよ。私は一人でも平気」
「お前、やっぱりいい女だなあ」
「それさ。もっと大人になったら言ってよ。ごめん。私にはまだ早いみたい」

「分かった。またその時になったら言ってやるよ」
じゃ。と。
さっきまで口説いてたくせに。
さっさと屋上から出て行ってしまう。

その大きな背中を、ぼんやり見つめていたら。
急に青山くんが振り返って。

「あの時、俺のこと。怖くないって言ってくれてありがとな。正直、ちょっと惚れた」

真っ赤な顔をして、走って行ってしまった。

ああ、そういう。
なんだ。もっと早く言ってよ。
けど、それでも、私は。美央に勝てる気がしなかった。

正直、惜しかったかもって。
内心ガッカリしている私がいる。
青山くんみたいな彼氏がいたら、すごく頼もしいし。
きっと楽しいんだろうな。
でも、彼は美央が好きだから。
もし、ここで私が青山くんの彼女になって。
本当に彼のことを好きになってしまったら。私。
きっと、真冬みたいに。

なんにも罪のない美央のこと、責めてしまうと思う。

だから、これでいいんだ。

振り仰ぐ空はどこまでも青くて。
今日は雲ひとつない天気だから。

不安もいっぱいあるけど。
私なら、乗り越えられる気がした。

## ■君と僕の部屋■

「やっと終わった……」
もう明日から卒業式まで学校に行かなくていいと思うと。
淋《さび》しいけど、嬉《うれ》しい気持ちになる。

昨日、公立の試験が終わった。
結果は、卒業式の後だから。
すっきり終われないかもしれないけど。

やるだけやったから。
後悔はしていない。

こうやって、ベッドの上でゴロゴロするのも久しぶりだ。
今日は一日ダラダラしていい日にした。
むしろ、ママがそうしなさいって。
親公認でだらけている。

でも、そんなゴロゴロしてる時間も、長時間したら飽きてくるもので。
なんだか、甘いものが食べたくなった。

「そうだ。久しぶりに、シュークリーム買いに行こう」

ガバッとベッドから起き上がって。

パジャマから私服に着替える。
窓を見れば。もう春はそこまでやってきているようで。
シトリンみたいなキラキラした細かな陽の光が、少しだけ眩《まぶ》しかった。

青山くんが、なにかしてくれたのか分からないけど。
受験の間、ぴたりと暴走行為はなくなった。
お陰でビックリするほど、前と同じ静寂《せいじゃく》が戻っていた。
もしかしたら、冬の間だけかなあってビクビクしていたんだけど。

春になっても、あの騒音は聞こえてはこなかった。

また絡まれるかもって怯えて過ごしてきたのだけど。
ものすごく警戒して行動したからかな？
去年の怪我以来、そこまでひどい目には遭わずにいた。
まあ。なかったとは言わないけど。
呼び出されたり、囲まれたり。

呼び出しは、基本シカトして押し通したし。
囲まれそうになったら、囲まれる前にダッシュで逃げた。
そこは、遠くても人通りの多い場所しか歩かなかったのが功を奏したし。
親戚のお兄ちゃんに、できる限り帰り道や買い物の付き添いをしてもらったお陰もある。

当麻《とうま》お兄ちゃんには、今度お礼をしなくては。

だから、もういっかなって。
今みたいな気の緩《ゆる》みが、最悪の事態を招くのかもしれないけれど。

今日くらい、大好きだったコンビニへ。
また、一人で行きたくなった。

一応、まだ怖いから。
ママに行き先を告げていく。

「あのね。ママ……コンビニ行っていい？　シュークリーム買いに」
「いいんじゃない？　気をつけてね」
台所に入らずに、こそっと顔だけ出してママに声をかけたら。
返事は意外にもあっさりとしていて。
笑顔で許可をくれた。

「え？　いいの？」
あんな事件があってから、ママは私の安全に対して過敏になっていた。
海外赴任をしているパパを今直ぐ呼び戻そうとしたりとか。
とにかく、ママなりに必死に私を守ろうとしてくれた。

すごく、申し訳ないし。
ママをこんなに心配させるなんて、なんて親不孝な娘なんだろうって思ったけれど。
反面、すごく嬉しかった。

けど。まさか、パパが心配して一時帰国しちゃったのは、反省している。
また、フランスへ行っちゃったけど。
飛行機で12時間以上かかるし。
悪いことしたなあと、反省しつつ。
大好きなパパに思いがけず会えたし。
そのままお正月までいてくれたから、久しぶりに親子三人水入らずで過ごせた。

「いいわよ。あのね、カホ。最近、来ないんだって」
「なにが？」
「暴走族。ご近所さんから聞いたのよ。よかったわね」
「そうなんだ」
「ママも、ちょっぴりだけど安心したわ。でも、携帯はちゃんと持って行ってね。なにかあったら直ぐに逃げるのよ。ううん。なにかありそうな感じがしたら、逃げなさい！」
「うん。そんな超能力使えないかもしれないけど、できるだけ頑張る」
「茶化さないの！　ママは本気よ」
「はいはい。行ってきます！」

ママの長いお小言すら、愛しくなってくる。

長い冬の終わりは、いつだって楽しいし、嬉しい。

「……わあ」
玄関の扉を開けたら。
春の匂いがした。

昨日まで、ピリピリに神経を張り詰めていたから気がつかなかった。
三月も半ばかあ。
暦の上では、春だもんねえ。

青い田んぼ道を抜け、コンビニを目指す。
春を感じながら、風に吹かれてまったり歩いていたら。
あっという間にコンビニについてしまった。

「いらっしゃいませー」
久しぶりの店員さんの声も、なんだか新鮮だ。
あっちは私のこと知らないと思うけど、私はここの店長さんの顔を覚えている。
眼鏡をかけた、気さくで優しそうなおじさんだ。

春限定の桜シュークリームを、ママの分。二つ手に持って。
私の桜も咲いたらなあ、なんて。願いながら。

直ぐにレジに並ぶ。
本当は、雑誌とか。新作のチョコレートとか眺《なが》めたいけど。
そこは、警戒しているから。
今日は特別とはいえ、気は抜いてない。

「ハル。ほら、言ってよ」
「なんだよ。キョースケが言えよ」
「なんでこんな時に人見知りを発揮するの⁉」
隣のレジが騒がしい。
また暴走族かって、ドキッと心臓が跳ねたけど。
普通の男の子二人組で、ホッとした。
いや、でも。普通じゃないかも。
片方の子が、めちゃくちゃイケメンで、ある意味心臓がドキドキした。
もう一人の子も可愛い感じで、いいと思うんだけど。
隣の色素の薄い男の子が、本当にカッコよくて。
少女漫画から抜け出て来たみたい。
素敵すぎて、見とれてしまった。
イケメンは、青山兄弟で見慣れたはずだと思っていたのに。
そうでもなかった。

てか、青山の系統とはタイプが違う。
あっちは、美少年ーって感じだ。

精算をしている間、ついつい聞き耳を立ててしまう。

「あの、俺達。今年から高校生なんですけど！　バイトの募集見て来ました！　四月から雇って頂けませんか？」
ハキハキと、可愛い系の子が店長にお願いしていた。
なるほど。
この男の子達、バイトの募集で来たのか。
春から高校生ってことは、私と同じ年なんだね。
偉いなあ。
バイトなんて、考えたことなかったよ。

「俺、吉沢恭介《よしざわきょうすけ》っていいます。あの、こっちは春川彼方《はるかわかなた》です！」
吉沢くんという子は、面倒見がいいのかな。
ちゃんと友達にまで気を配っている。
逆に、春川というイケメンは、めんどくさそうというか。
ふああと欠伸をしていて。
こいつやる気ねえなあって。好感度がだだ下がる。
あいつ、バイト落ちたな。
直感的にそう思った。

ヤバイ。
落ちるなんて言葉、思ってても使っちゃダメだ。
私までそういうことになったらげんが悪い。

お金を渡して、商品が入ったレジ袋を店員さんから受け取ると。
後ろから、聞き覚えがある声がした。

「昨日の霜月《しもつき》さんのパーソナリティのラジオめっちゃうけたんだけど！」
「お前、ほんとオタクな」
「うっせーな。俺はシモッティみたいな声優さんに憧《あこが》れてるんだよ！　今期春アニメの主役三つもあるんだぜ、あの人。マジすげーし！　ラジオも面白えし。憧れるわー」
振り向かなくても分かった。
多分、今入って来た客は、銀糸だ。
でも、もう一人の声は知らないし。
ソウではない。

ソウの声だったら、直ぐに分かるから。

あれっきり、ソウには会っていない。
あんなに、好きだ好きだって言ってたくせに。
あんなに、会う度、抱き締めたくせに。

……キスまでしたくせに。

あっけないもんだ。

私が、会いたくないって言ったせいだけど。

それでも、淋しいなって思ってしまうのはなぜだろうか。

「……お客様？」
立ち去ろうとしない私に、店員さんに怪訝そうな表情をする。
いけない。
このぼうっとする癖《くせ》、受験が終わっても直らなかったな。

「あはは……すみません」
蟹みたいに、平行移動をして。
銀糸達の位置を確認しながら出口を目指す。

ここ数ヶ月で培われた勘を頼りに、銀糸達の存在を意識して。
飲み物コーナーへと移動した瞬間、出入り口へとダッシュした。

よし。オッケー！
でもまさか、銀糸が来るなんて思わなかった。
危ないとこだったなあ。
やっぱり気を抜いたらダメだよね。

うんうん、と納得しながら前を向いたら。

「よう」

と。
そこには、青山くんが立っていて。
「うわあああああああああ!!」
流石《さすが》の私も大声を上げてしまった。

「おっ前。男みたいな声出すなよ」
黒いライダースを着た青山くんは、爆笑していて。
私といえば。

ソウかと思ってしまって。
まだ驚いていた。

もう、肋骨の怪我は治っていたから、あの痛みはなかったけれど。
別の部分が、ひどく痛んだ。
それはもっと。胸の奥の方。

「あ、青山くん。こんなとこまでどうしたの？　買い物？」
「いや。お前に会いに来た」
「へ⁉」
「家まで行ったんだけどな。お前んちのお母さんが、ここにいるって教えてくれたよ」
「えー！　なんでわざわざ。携帯に連絡してくれればいいのに」
「……したんだけどな」

「え。ええー」
そっと、携帯を見てみると。
青山くんから、着信が入っていた。
しまった。今日はゴロゴロする日って決めてたから。
マナーモードにしたの、忘れてた。

「こっち方面に用があったから、ついでに会って話そうと思ってな」
「てかさ。青山くん」
「なんだ」
「受験。来なかったでしょ？」
「行ったぜ？」
「いなかったよー！　なんで嘘《うそ》つくの？　番号、私の前だったじゃん」
「そりゃ、泉の前にはいないさ。俺、西校受けてねえし」
「え」
「お前の言葉通り、追いかけることにした」
「ええ」
「東校。美央と同じだ」
「えええ」
東校って、偏差値……30のとこじゃん。
なんで70から30のとこまでランク落とすの？
バカなの？

とは言えなかった。

てか、ビックリしたけど。なんか嬉《うれ》しかった。

青山くんが、素直に自分の好きを認めた証拠だよね。
これは、すごいことだ。

「でもさ。なくない？　学年トップがなんで東校行くの？　先生止めなかったの？」
「いや全く。先生、俺見ると怯えるし」
「うちの学校の先生、悪いけどダメな人多いよね」
「まったくだ」
青山くんと一緒に、帰路を目指す。
どうやら、彼はまた背が伸びたようで。
背伸びしないと、あの綺麗な顔がよく見えなくて。
少し、残念だった。

「そのこと、わざわざ言いにきたの？　いや、嬉しいけども」
「それもあるけど、もう時効だから話しにきた」
「なんのこと？」
道の真ん中。
青山くんが立ち止まる。

やっと見せてくれた、綺麗な顔は。
綺麗だったけど、少年らしさが消えていた。
けど、真っ直ぐな眼差しは変わらないままで。

また、ソウのことを思い出していた。

「ソウ、暴走族やめたんだ」
「え？　そうだったの。意外」
「お前が怪我して、翌日だった。やめたっていうか。潰《つぶ》したっていうか……」
「潰した？」
「お前さ。暴走族抜ける時、すげえ大変なの知ってるか？」
「知らない」
「だろうなあ……」
はあと。青山くんが溜め息をついた。
そんなこと、常識みたいに聞かないで欲しい。

「仲間内で人間関係ができてたら、そこまで抜けるのは厳しくない。まあ、そこの族の方針にもよるんだけどな。OB全員に挨拶《あいさつ》に回ったりとかな」
「なにそれ。部活みたい」
「そんないいもんじゃねえよ。基本、リンチに遭う」
「ええ⁉」
「タイマンで全員と勝負とか、一対一はまだいい方で、全員にボコにされるとかな。無事じゃ済まない」
「ソ、ソウは大丈夫だったの⁉」
「アイツの場合な。役職ついてたし、仲間の中でも人気あったから。普通なら穏便《おんびん》に抜けれるんだけど、潰しやがったんだよ。地元の暴走族、根こそぎ。三つ」

「え、ええ……」
それって、どういうこと？
抜けるより、最悪な事態ってことだよね。

「俺に言えば、なんとかしてやったのに。アイツ、バカだろ？　黙って決行しやがって。病院駆けつけたら、面会謝絶で生死の境彷徨ってる最中でさ」
「……ソウ」
「ああ。大丈夫だ。死にかけたけど、生きてる。……ただ、ソウの左目がな。潰されたっていうか。結果、弱視になっただけで、セーフだったんだけど」
「……そんな、ひどい怪我だったんだ」
「ああ。あの時は焦ったぜ。俺のシマで身内がなにやらかしてんだよ！　って。俺も責任取らされるし、本気で大変だった。こっちが死ぬかと思った。マジで」
「なんでそんな大事なこと、もっと早く言ってくれなかったの⁉」

「止められてたから。ソウに」

真っ直ぐに見つめてくる眼差しは。
綺麗だけど、針のように鋭い。
だから、射抜かれたように。動けなかった。

「お前に、これ以上迷惑かけたくないって」

「だけど……」
「もう、大丈夫だ」
ニカッて、笑顔は。もうしてくれないの？
冷たい、大人びた表情で。
青山くんが少しだけ笑った。

「ここ一帯のヤバイ奴らは一掃した。族の関係者はもう来ない。俺が管轄してるから、間違いない。ソウの敵対してる相手も、もう二度とお前に付き纏《まと》わないから安心しろ。最近、静かだっただろ？　受験どうだった？　上手《うま》くいったか？」
「青山く……」
「全部、ソウのお陰だ」
「私、ソウに会いたい!!」
会いたくないって自分から言ったくせに。
なにを言ってるんだ、私は。
青山くんの目が、細められる。
それって、怒ってる？
私が、ワガママだから。

そこからは、沈黙。
家から近いコンビニのはずなのに。
ものすごい長い距離のように感じた。

青山くんは、きちんと私を家まで送り届けると。

やっと、重たい沈黙を破ってくれた。

「会いたいなら、勝手に会いに行けばいいんじゃないか？」
「…………」
「俺は、これだけ言いに来た。卒業式は出ないから」
「え……」
「察しろ」
また。大人みたいな。
心を読ませないような、微笑《ほほえ》みを浮かべると。
幕引きのよう。
私の前から姿を消した。

追いかけたくなったけど。
足は動かなくて。

ソウの居場所を聞きたかったけれど。
聞けなかった。

青山くんらしい。

これは、自分の力でなんとかしろってことだよね。
でも、私。
あそこまでソウにひどいこと言って。
自分から会いに行くなんて、むしがいいことできないよ。

「カホちゃん……玄関先で、どうしたの？」
暮れる空は、あの日。
ソウと初めて会った時のよう。
赤い空で。

あの部屋に、ソウと二人きり。
過ごした時を思い出す。

抱き締められた腕も。
キスされた唇の温《ぬく》もりも。
あの笑顔も。

彼が、私に。
優しくなかったことなんて、一度もなかった。

そう思ったら、涙が溢《あふ》れて止まらなくて。

静寂《せいじゃく》の中、虫の音色が聞こえた。

■通学条件■

「それでは、新入生代表の挨拶《あいさつ》を行います」
西校の入学式当日。
憧《あこが》れだった制服を着て。
見慣れない生徒達の中。
厳《おごそ》かに入学式が始まった。

未《いま》だに、西校に受かった実感がない。
でも、嬉《うれ》しくて嬉しくて。
ここにいることが夢のようで。
その喜びを噛《か》み締める。

そんなだから、誰の挨拶を聞いていたか分からないし。
なんにも頭に入ってこない。

けど、どうやら。
新入生代表の挨拶は、うちのクラスの人みたいだった。
私の近くに座ってた、眼鏡の男子生徒が壇上へ上がっていく。

代表ってことは、成績トップだったってことだよね。
すごすぎる。
私、本来そこまで頭がよくないから、やっていけるか若干心配になった。

「桜の花びらが目に眩《まぶ》しい、春爛漫《らんまん》の青空の下。まるで僕達を歓迎するかのようなよき日に、期待と喜びに満ち溢《あふ》れ、この門を潜《くぐ》りました。これから、僕達は、この学び舎《や》で……」
ママ、今頃後ろで見てるんだろうな。
もう、家を出る時から泣いてたし。
今も泣いてるんだろうな。
うわ、それ考えたら、私もつられて泣きそうだ。

てか、隣の女の子、泣いてるよ。
分かるよ。
受験辛《つら》かったよねえ。
今、喋《しゃべ》っていいなら、隣の子と語り合いたいくらいだ。
けど、スピーチがなかなか終わらないから。
声をかける気がうせてしまった。

ずらりと並ぶ先生方。
時代を感じさせる、威風堂々《いふうどうどう》とした校舎。
私、西校生になれたんだ。

ふうと、息をはいて。吸い込んで。
深く深呼吸する。

そうして、姿勢を正して。

西校の一年の中へ、今度こそ溶け込む。

色んなことが、あった。
後悔なんて、山ほど。
でも、前を向かなければ。
忘れはしない。
なかったことには、しないよ。
それも全部大事にして、私は。
未来へ向かうんだ。

そう、心の中で決めたら。
ぼうっとしている癖《くせ》が、直った気がした。
それと同時に、ちゃんとスピーチが耳に入ってきた。

「……上級生の皆さんに、今後のご指導お願い致しまして、挨拶とさせて頂きます。新入生代表。青山蒼」

アオヤマソウ。
って、いったよね。今。
はっとして、壇上の人物を確認した。
ここからじゃ、遠すぎて。よく見えないけど。

でも、あれは……。
あの背格好は。

「……ソウ」
思わず漏《も》れてしまった声に、誰かが咳払《せきばら》いした。

壇上から、彼が降りてくる。
背の高い、華奢《きゃしゃ》な体。
ゆっくりゆっくり、こちらへ近づいてくる。

間違いない。
涙が、溢れた。

あれは、ソウだ。

黒髪だし、眼鏡をかけているし。
一見、分からないけれど。
私が、あいつを見間違うはず、ないんだ。

ソウは、変わった。
なにより、とても凛々《りり》しくなっていて。
黒い学ランが似合っていた。

なによ。あいつ。
バカのふりして。西校受かる頭、あったんじゃない。
それも、青山家の血筋？

先生達に会釈《えしゃく》をし、一礼をして元の座席に座るソウから、目が離せなかった。

程なくして、入学式が終わり。
みんなそれぞれ、緋色《ひいろ》の花飾りを制服の胸につけ。
誇《ほこ》らしげに桜の下を歩く。

声をかけたかったけれど。
ソウは、次から次へと来る女の子達に囲まれていて。
とてもじゃないけど、私が入る余地なんてなかった。

終わったことなんだよね。
私のことなんて、忘れたい記憶かもしれない。
でも、同じクラスだし。
知らないフリなんて、できない。

会いたかった。
って、心が叫ぶのを。
なんとか抑《おさ》えて。

踵《きびす》を返せば。
突然、後ろから腕を掴《つか》まれた。

「やっと、追いついた！」

見なくても、分かる。
私、その大きい手と、温《ぬく》もり。
嫌ってほど、知ってるから。

忘れたくても、忘れられなかったから。

『今から追いつけるかなあ』

まさか、本当に追いつくなんて、思わなかったよ。ソウ。

短髪の黒髪も、黒縁の眼鏡も。
背の高い君に、よく似合っていて。
振り向いた私は、泣き顔なのに。
頬が赤くなるのが、自分でも分かった。

「うん。ソウ。ずっと、私……待ってたよ」

ソウ。
私ね、今日初めて。
恋を知ったよ。

end

■あとがき■

はじめまして。こんにちは。
そして、お久しぶりの方もこんにちは！　みゆですよ。

元気でしたか？
私は、最近たくさん小説のお仕事の依頼がくるようになって。
幸せです。
以前の私に比べたら夢のような環境です。
これも全部、読んでくれるみんなのお陰です。
私の夢を叶《かな》えてくれて、ありがとう。
感謝してます。
幸せだからこそ、私がみんなにしてあげられることってなにかなあ？　って、最近よく考えるよ。
私だけ幸せなのって、申し訳ないなあって。ありがたいなあって、気がつくと考えちゃって。
だから、みんなに恩返ししたいんだけど。
それはなんだろうって、うーんうーんって悩んじゃう。笑。
きっと私のこと、みんなは私の小説で知ってくれたんだよね。この本で繋《つな》がってる気がするよ。
だから、私にできることって、みんなを楽しませることかなあって。
そう思うんだ。
みんなが面白いって少しでも思ってもらえるような物語に

しなきゃって。
毎回毎回毎回毎回、ずっと、寝る時も、そして寝てる夢の中でも考えてるよ。寝てる時も⁉　って、びっくりされちゃうんだけど、本当なの。
でもね、すごく楽しいよ。
私、小説のことになると、楽しくてずっと考えちゃうんだ。
寝る時間もいらないくらいだよー。

本当にね。
毎回これしか出てこなくて、ごめんなさいなんだけど。
ありがとう。
しかね。やっぱりないの。
気の利いたこと言えなくてごめんね。
でも、大好きしか溢《あふ》れてこないの。
嘘《うそ》つくの好きじゃないし、苦手だから。
あとがきは、自分の素の気持ちを書こうって思ってるから。
いつもなら恥ずかしくて、こんなこと口にできないけど。
ほんと、みんなのことが可愛くて好きすぎて。
それしかないんだなあ。

こないだね。
みんなの片想いを私が小説にするっていう企画があったんだけど。（お陰様で100通くらい応募がきたよ。全部読んだよ！　ありがとう。今ね。その中から三名の片想いを選ばせて頂いて、お話を書いてるよ）

その時、担当さんに「みゆさんの読者さんは本当に可愛いくて素敵ですね！」って言われて。嬉しかったし、誇らしかったよ。
嬉しすぎてにやにやしちゃった。
可愛い片想いがいっぱいで、読んだら切なくて泣いちゃったよ。
本当に、ありがとう。大事に書くね。
私に、あなたの大切な秘密の想いを教えてくれてありがとう。頑張って本にするね。

そうそう。
感想のお手紙を頂くんだけど（いつもお手紙ありがとう!!!）
誰かを嫌いになる自分が嫌だって、落ち込んでいたあなた。
嫌いって、悪いことじゃないと思うよ。
だって、そう思っちゃうの。人間なら当たり前だよ。
でも、嫌いって思い続けるのって、ものすごくネガティブな感情だし疲れちゃうよね。
けど、無理して好きになろうって努力しなくてもいいと思うんだ。
だって嫌いなものは嫌いだよー。
人間、苦手なものがないひとなんていないよ。
好きと嫌いがあって、あなたが成り立つのだと思うよ。
全部好き！　も、もちろん素敵だけど。
完璧な人より、ずっと魅力的に見えるよ。

それもね。素直な気持ちだと思うよ。
無理しなくていいんだよ。

でもね、面白いんだよ。
ある日ね、嫌いって気持ちが変化することがあるんだよね。
それはさ。突然、好きになっちゃったり。
なんにも思わなくなっちゃったり。色々なんだけど。
「あー。やっぱ嫌いだわー」
なんて、他人事みたいに思えてきて、なんか笑っちゃったりしたり。
乗り越える時が、きっとくるはずだよ。
目を背けるんじゃなくて、そんな自分もいるんだって思うことから始めてみればいいんだよ。
大丈夫。
そんなあなただから、いいんだよ。
そして、そんなあなたが私は好きだよ。

は！　おしゃべりしてたら楽しくてページがなくなってしまった!!
ごめんね。
また会えたらいいなあ。会いたいな。
ここで、再びみんなと話せるように、私も頑張るね。ありがとう。

2014明冷　　　　　　　　　　　　　みゆ

★ ファンレターのあて先 ★

〒101-8050　東京都千代田区一ツ橋2-5-10
集英社 ピンキー文庫編集部 気付
みゆ先生

ピンキー文庫

# 通学条件
## ～君と僕の部屋～

2014年12月30日　第1刷発行

著　者　みゆ

発行者　鈴木晴彦

発行所　株式会社集英社
〒101-8050　東京都千代田区一ツ橋2-5-10
【編集部】03-3230-6255
電話【読者係】03-3230-6080
【販売部】03-3230-6393(書店専用)

印刷所　凸版印刷株式会社

★定価はカバーに表示してあります


ISBN 978-4-08-660134-4 C0193

「俺たち付き合ってることにしとこうか」
って、突然、先輩の彼女にされて。
けど。そんな先輩は、
好きになってはイケない人でした——。

# 俺が守ってやるよ。

みらい

偶然、学校で“告白シーン”に居合わせたミヤビ。「あー、と。こいつが俺のカノジョ」突然、先輩の彼女にされてしまった。しかもその相手は、学校でも有名な黒崎悠河《ゆうが》先輩で。甘くて切なくて……胸をキュンとしめつける恋。胸に突き刺さって消えないのは、先輩の、この言葉だけ——「俺がおまえを守ってやるよ」

好評発売中 ピンキー文庫

ピンチを救ってくれた少年。
彼はマンションのお隣さんだった！
ベランダ越しに大切な時間をすごす二人に
ある日、衝撃的な事件が起こる…!?

# 君色。

## ～ベランダ越しの恋～

ゆあ

ピンチを救ってくれた爽やかな少年。彼はマンションのお隣さんで、純弥《じゅんや》という名前だと判明する。母が闘病中で気持ちがふさぎがちな凛《りん》に、純弥は日々、ベランダ越しに寄り添い励ましてくれるようになって。純弥と過ごす時間をかけがいのないものに感じ始めた凛だったが……。セブンティーン携帯小説グランプリ、ピンキー文庫賞を受賞した切なさいっぱいのストーリー。

好評発売中　ピンキー文庫